许你一场春暖花开

花瓣雨 著

天津出版传媒集团
百花文艺出版社

图书在版编目（CIP）数据

许你一场春暖花开 / 花瓣雨著. -- 天津 : 百花文艺出版社, 2023.4
ISBN 978-7-5306-8471-9

Ⅰ. ①许… Ⅱ. ①花… Ⅲ. ①短篇小说－小说集－中国－当代 Ⅳ. ① I247.7

中国国家版本馆 CIP 数据核字 (2023) 第 044592 号

许你一场春暖花开
XU NI YI CHANG CHUNNUANHUAKAI
花瓣雨 著

出 版 人：薛印胜 责任编辑：张 雪
装帧设计：谢蔓玉 特邀编辑：唐婷婷
出版发行：百花文艺出版社
地址：天津市和平区西康路 35 号 邮编：300051
电话传真：+86-22-23332651（发行部）
+86-22-23332656（总编室）
+86-22-23332478（邮购部）
网址：http://www.baihuawenyi.com
印刷：涿州市荣升新创印刷有限公司
开本：880 毫米 ×1230 毫米 1/32
字数：206 千字
印张：7.75
版次：2023 年 4 月第 1 版
印次：2023 年 4 月第 1 次印刷
定价：59.80 元

如有印装质量问题，请与涿州市荣升新创印刷有限公司联系调换
地址：河北省保定市涿州市百尺竿镇毛家屯工业区中心路 3 号院
邮编：072750

自序 | 每一段爱情都是一朵花开

爱情，是人世间最美的情愫。古往今来，有多少文人墨客为之缠绵悱恻，又有多少才子佳人为之倾情吟诵。“愿得一人心，白首不相离。”“在天愿作比翼鸟，在地愿为连理枝。”“两情若是久长时，又岂在朝朝暮暮。”“执子之手，与子偕老。”……在这些动人的诗句中，诗人赋予了爱情恒久的生命力，如花般美好，暗香盈袖。

爱情，从来都是坊间乐此不疲的话题。自有人类文明起，爱情便承载了人间所有的美丽和哀愁。有人说，爱情是一颗洋葱头，一片片剥下去，总有一片会让你流泪；也有人说，爱情是一杯苦咖啡，个中的滋味只有自知；还有人说，爱情是一枚糖果，可以甜到你的心里。多少俗世里的男女相遇时，便一头坠进了爱河，对周遭不管不顾，只迎接着爱的潮水。说到底，爱情就是两个人彼此之间的牵绊，是一个灵魂对另一个灵魂的召唤。

情感短篇小说集《许你一场春暖花开》便描述了这样一个群体。那些游走在繁华都市，抑或穿梭于宁静小城里的男女，他们用萌动的青春书写的故事从不曾停息。从若有若无的欢喜到刻骨铭心的眷恋，从芽苞初绽的期冀到一夜盛开的结局，每日都在上演着热烈繁复的甜蜜或苦涩，快乐或悲戚。对爱情——这个美丽而永恒的话题，作者给予了太多的笔墨，为读者精心编织了一个又一个唯美的爱情故事。一路引领着你，穿越一处又一处茂密葳蕤的情感花园，闲看花开花落，漫随云卷云舒。

爱情总是让人百转千回，不管是青春的骚动还是成人的童话，爱或许就是一抹温暖而又疼痛的情愫。《我爱你，所以让你去爱别人》里，他爱上她，把她宠成了一个公主。婚后，他更是宠她到十指不沾阳春水。可是，她怎么也想不到，那么美好的爱情，守来的却是背叛。带着满身的伤痛，离婚后的她，在经过一段痛苦的挣扎后，重新组建了家庭。可是，每每想起他，她的心底还是会隐隐作痛。一次偶然的机会，她知道了当年所有的真相。原来，他并没有背叛她，他只是得了癌症，因为太爱她，所以选择让她去爱别人。这样的结局，让她又怎能不痛彻心扉？却又让她怎能不倍感幸运？原来这个世界上有一个人一直深爱着她，直到生命的尽头。

爱情，看似不过润物细无声，却又绚烂得轰轰烈烈。《转过身，看见爱》里，在一次大学讲座上，他对她一见倾心，并无可救药地爱上了这个女孩。可她却只把他当成“好哥们”。她和他在一起的时候，只要有男生招呼她一声，便立刻眉开眼笑起来，她甚至都不跟他打声招呼，便像小鸟一样跟着那男生飞奔而去。终于，心灵备受伤害的他决定放弃。可是，失恋的她只要一个电话，他就会奋不顾身地去找她，安抚她。于是，在又一次去寻她的路上，他发生了车祸，没想到结局却是峰回路转。因为她终于明白了，自己的每一次恋爱，从全情投入到受伤而归，他就像她受伤时的药，为她疗愈一切。这时候，她才清晰地发现，自己的生命中不能没有他，爱情也因此而变得多情而诱人。

爱情固然是美好的，然而，爱情有时候又充满了忧伤与疏离。翻开

《你是我最美的风景》，在看似迷茫的爱情氛围中，一切预示着将来的凄美与凄惶。虽然女主人公有男朋友，但她总觉得他们之间缺少点什么。从女主与男主的偶然相遇，到她对男主致命的迷恋，再到两个人互生情愫、彼此误解，最后他们落寞分手，就再也回不到原路了。直到结婚的前一天，女主从他人口中知道了男主并不是一个朝三暮四的人，是自己误解了他。而这一切，也只是换来女主的一行清泪，因为彼时的她明天就是别人的新娘了。从此，在他们彼此的生命中，也只能残留着另外一个人的身影，让肆意的青春伴随着忧伤，在心底的角落无声地哽咽。

《许你一场春暖花开》一书，以女性视角切入，为读者打开了一幅关于爱情的唯美画卷，用深情优美的笔触，书写了一篇篇热烈繁盛的爱情故事。爱与被爱，其实都是缘于一次心动的遇见。接近或者疏离，也全凭彼此的缘分。若每一段爱情都是一朵花开，是玫瑰还是萨日朗，并不重要，重要的是爱情需要两个人共同浇灌，才能开出最美的花朵。

目录

第一辑　转过身，看见爱

遇见你，遇见爱，我用无悔的执着，许你一场春暖花开；你用柔情似水，赠我一段温暖的时光。情思缱绻，此心依然。我愿与你执手，书写岁月最美的诗篇。

第二辑　一场百转千回的相逢

红尘阡陌，总有一个人，虽历经百转千回，回眸依然是他的笑脸；总有一个名字，虽途径万千，永远是心中的唯一。此情依依，在这美好的时光里，放逐思绪，让心与爱同在。

第三辑　你是我最美的风景

流年的光阴中，演绎了多少分分合合，唯你，是我看了就不忘的风景。倾心相遇，润湿了心田；两情相悦，写满了诺言。在彼此懂得的季节，一世清欢。

第一辑
转过身，看见爱

遇见你，遇见爱，我用无悔的执着，许你一场春暖花开；你用柔情似水，赠我一段温暖的时光。情思缱绻，此心依然。我愿与你执手，书写岁月最美的诗篇。

许你一场春暖花开

一

临近年末，黎朵早早地从网上买好了从广州回南宁的高铁票。她就像一只即将归巢的小鸟，恨不得早日飞回老家与亲人团聚。

来广州一年多了，黎朵除了对亲人的思念，更多的是对南宁有种说不清的情愫。她一边期盼着回家的日子早点到来，一边又隐隐地担心着回到南宁去。这种复杂的心情缠绕着她，让她焦虑万分。但无论如何纠结，家始终是她向往的地方。

就在黎朵准备离开广州的前一天晚上，她没想到公司临时接了一个紧急项目，而黎朵正好是这个项目的负责人之一，延期回家肯定在所难免。于是，根据项目进度，黎朵将火车票改签到了大年三十。

等她兵荒马乱地忙完了手头的工作，收拾好行装，出门等车时，黎朵突然感到一阵眩晕，之后便软绵绵地倒在了地上。

二

等黎朵醒来时，她已经躺在了医院的急诊室里。

原来，在她晕倒后，身边的好心人帮她拨打了急救电话，她才被及时送进了医院里。医生说，由于她长时间营养不良，饮食不规律，导致极度贫血，如果再不及时治疗，后果不堪设想。

贫血进急诊室的事，黎朵并不敢告诉家里人，因为她不想家里人为她担心。于是，她跟家里人撒谎说，手边的工作没有完成，不能回家过年了。躺在急诊室里的她，倍感凄凉和孤独。挂着点滴，看着窗外一片萧瑟的情景，想着自己的处境，黎朵忍不住抽泣起来。

正当她哭得稀里哗啦时，突然听到有人问她："姑娘，你是不是哪里不舒服？"听到有人跟自己说话，黎朵急忙止住了抽泣，原来是躺在临床的一名男子在向她问话。

男子和自己一样， 躺在床上挂着点滴。黎朵并没有扭头看他的脸，只是循着声音回答说："不是，就是心里觉得特别难过，也特别无助。"男子接过她的话温柔地说："我在你之前，因感冒发烧而被送进急诊室时，心里也是特别无助，那感觉好像被这个世界抛弃了一样。其实并没有，这里的白衣天使像亲人一样，不仅用精湛的医术为我治病，还给予我精神上的抚慰。我的身体情况现在明显好转了，心情也舒朗了，所以你不要灰心，休养一段时间，相信你一定会痊愈的。加油哦！"

三

不知道为什么，黎朵觉得这个邻床男子的声音既熟悉又温暖，像极了一个人，莫非是他？黎朵转念一想，怎么可能？估计是自己因难过而产生了幻觉。于是，她轻声回复着："谢谢！谢谢！"可能是在男子的鼓舞下，黎朵的思想放松了下来，然后，一阵困意向她袭来。

黎朵是在昏睡中，突然听到有人轻轻地说："江舟，你现在觉得怎么样？烧退了吧！"兴许是对这个名字太敏感了，黎朵一下子就坐了起来，问："江舟，哪个江舟？"穿着白色护士服的护士看了黎朵一眼，语气温软地对她说："黎朵，你醒了，感觉身体怎么样？"说着护士就走到了黎朵的床边。

被唤作江舟的男子听到护士叫黎朵的名字，也忽地坐直了身子，问："黎朵？谁是黎朵？"隔着不远的距离，黎朵和江舟的眼神开始对望起来，过了片刻，他们几乎异口同声地叫道："你是黎朵（江舟）！"护士看到他们讶异的神情，对他们说："原来你们认识啊！"

四

时间回溯到 2018 年，黎朵刚刚大学毕业，回南宁老家找了一份售楼的实习工作。初入社会的她，带着新鲜与好奇，也有的是雄心和斗志，开始走上了工作岗位。

黎朵永远也忘不了那个秋日的午后，遇到江舟的时候，大街上到处弥漫着桂花的芬芳。黎朵和几个年轻的售楼员被售楼部安排到街上发放传单。为了达到宣传的效果，他们分别穿上了各种卡通动物造型的服装。

黎朵就是穿着卡通人偶小猪佩奇造型的服装走出公司大门的，谁知，刚走上大街，就被一群好奇的孩子围了上来，有摸猪嘴的，有拽猪耳朵的，还有扯猪腿的，一会儿工夫，黎朵便招架不住倒在了地上，爬了几次也没能爬起来。这时，不知从哪儿伸过来一只手，一把将黎朵从地上拉了起来，然后帮她把硕大的小猪佩奇头套取了下来，黎朵才得以轻松地站起来。

黎朵嘴里说着谢谢，抬头看向面前的男子时，她的脸“腾”地一下就红了。眼前的男子唇红齿白，一副温文尔雅、英俊潇洒的样子。那个瞬间，她感到自己的心跳在加速。男子却笑意盈盈地对她开玩笑说：“看你笨手笨脚的样子，刚参加工作吧！”说完，男子转身就离开了。

不知道为什么，黎朵总觉得他的笑容就像这秋日的阳光，一下子照进她的心里，温暖而明亮。

五

再见到男子时，黎朵简直有点喜出望外。原来，他们居住的地方只隔着一条街，黎朵知道了男子叫江舟。从这之后，他们之间的相遇便多了起来，慢慢地，黎朵也知道了江舟的很多情况。

江舟租住在街对面的小区，在一家广告公司做实习生，每天一个人上下班。居家的时候，他喜欢一个人买菜、做饭、散步，一切都是独来独往，这一发现，不禁让黎朵暗自高兴起来。

然后，她开始有意无意地经常出现在他的身边。他去买菜，她也去买菜；他去散步，她也去散步。很快，他们就像老朋友一样熟悉起来。相遇也变成了相约。

黎朵的这点小心思傻子也能看出来，江舟又焉能不知？黎朵喜欢他，而他却只是安然享受着她的喜欢。

六

那次周末，黎朵和江舟相约一起去逛街，走到一个十字路口时，看到前方一位步履蹒跚的老人正艰难地行走着，黎朵急忙上前几步搀扶住老人一起过马路，等江舟赶上来时，老人高兴地对江舟说："小伙子，你真有眼光，你女朋友不仅心善，人长得也很漂亮哦！"对于老人的话，江舟只是报以浅浅的微笑。

认识这段时间以来，江舟任凭黎朵独自喜欢着，可他从没有向黎朵袒露过心声。黎朵见他一直没有回应，干脆心一横，管他呢，谁让自己爱上这个男子了呢，便鼓足勇气说："江舟，你听到了吗？我是你女朋友了，以后你不许喜欢别的女孩子了。"听黎朵这么一说，江舟的嘴角弯出一抹若有若无的笑意。

虽然江舟对黎朵并没有什么承诺，但他对她的好感是藏不住的。比如，遇到开心或不开心的事，江舟总是第一个向黎朵倾诉；电影院上映新影片，江舟总是约上黎朵一起去观看；上班只要有空闲的时间，他总是发微信问黎朵在干吗？像害怕弄丢了她似的。

可是除去这些，他们并没有更深入的发展。黎朵虽然以江舟的女朋友自居，但她却明白她和他之间，从一开始就隔着一层什么东西。

七

就在黎朵实习即将结束的时候，她的邮箱里突然蹦出一份来自广州某公司的信函："黎朵你好，你之前投递简历应聘的岗位出现空缺，请务必在一周内前来报到。"看完这封信函，黎朵激动地尖叫了一声。这份工作她向往已久，而且无论薪水还是其他待遇都非常令人心动，它太有诱惑力了。

然而，短暂的兴奋过后，黎朵立即又陷入了沉思。是的，她已经有了男朋友，她不能离开江舟，她爱江舟，江舟在哪，她也该在哪，这是她爱他的准则。可是，江舟的态度却一直不明朗，尽管她能感觉到江舟也很爱她。

但她还是需要他一个明确的态度吧！想到这，她立即给江舟发去了一条微信："江舟，我爱你，我想知道，你是否也爱我？请务必答复。"微信发出去好久也不见回复，黎朵索性开始拨打他的手机，这才发现他的手机已关机。黎朵以为手机没电了，下班后便在小区门口等他，可是依然没有等到。

第二天，他的手机依然关着。她跑到他的单位，才知道他没有来上班，家里也是人去楼空。就这样，像是一道幻影，江舟从她的世界里彻底消失了。

一周后，失魂落魄的黎朵，伤心地换掉了所有的联系方式，坐上了开往广州的高铁。

八

黎朵不知道的是，她和江舟之间从一开始就隔着一道屏障。江舟有一位交往了两年的女友，可是，江舟越来越发现女友似乎有着性格上的缺陷，她总是无端地猜忌，她多疑、烦躁、易怒。只要江舟提出分手，她就和他大吵大闹，并嚷着要去自杀。

江舟很无奈，家在河池的他，之所以来到南宁实习，其实就是为了躲避女友。

遇到黎朵后，她温柔、恬静、善良的性格，很快就开始让他着迷。他想理清和女友的关系后，再和黎朵清清白白地在一起，所以才一直没有向黎朵表白。

当他收到黎朵的微信信息时，他觉得是到了和女友彻底了断的时候了。可是，在没有解决和女友之间的问题的情况下，他又怎么能答复黎朵呢？于是，他干脆关闭了手机，回河池与女友摊牌去了。

经过十几天的拉锯战，女友终于放了手，还给了他自由。

当他匆匆忙忙返回南宁，黎朵却已经离开。

九

江舟经过多方打听，最后从黎朵实习单位的同事口中得知黎朵去了广州。于是，他也毫不犹豫地来到了广州。

偌大的广州城，要想寻找一个人，绝非易事。江舟索性在广州应聘了一份工作，他决定不找到黎朵，绝不独自离开广州。只是没想到，在广州的这些天里，他和她因病先后被送进了医院的急诊室里。

两个人回忆完这一切，眼里都噙满了泪花。黎朵满面泪痕地说："可惜我现在病情这么严重，不知道什么时候才能出院。"江舟急忙打断了她，故作生气地说："黎朵，不许你说这样的话，现在医学这么发达，而且有我在身边，相信你一定会很快康复的。"黎朵喃喃地说："对，我会好起来的，我还想和你一起拥抱春暖花开呢！不过，我要你亲口告诉我，你爱我吗？"

江舟连连点头，一字一句地对黎朵说："我爱你，我当然爱你！从这里出去，我一定和你一起共赴春暖花开。"

转过身，看见爱

林溪在电话里愤愤地说：“苏渝，你说，他凭什么提出要跟我分手？凭什么？”电话那头，苏渝沉默了片刻，说：“林溪，你听我说，千万别难过，我马上就过去。”

放下电话，苏渝哀叹了一声：自己下了多大的决心，才离开了林溪，逃到了另外一个城市。可是，林溪的一个电话，还是让他割舍不下。苏渝急忙收拾行装，开车一路奔赴林溪所在的城市。

一

苏渝是在一次大学公共讲座上对林溪一见倾心的。那天，来了很多前来听讲座的大学生，林溪一张清丽秀雅的脸上洋溢着青春的笑意，尤其一身红黄相间的运动服装扮，在人群中瞬间就吸引了苏渝的眼睛，因为，苏渝也穿了一身和林溪同款的运动服。

或许是情侣衫的缘故，苏渝再也静不下心来。讲座中，他几次转头看向林溪。想必林溪也注意到了他，两个人几次眼神交汇。当苏渝再一次看向林溪时，林溪调皮地向苏渝眨了眨眼睛，这下，苏渝的心一下子就被勾走了。

这次的讲座结束后，苏渝轻而易举地就打听到了林溪的所有信息。和自己一样，林溪也是大一新生，只不过他们不在一个系里而已。

苏渝甚至摸清了林溪经常出现的地点，比如操场、图书馆、学校的小树林等。他曾精心设计了好几种和林溪偶遇的场景，可到最后，也只是一次平平淡淡的的相遇。

那天，刚上完体育课的苏渝正往教室走，却猝不及防地在校园的小径上迎面碰到了林溪。两个人对视中，苏渝之前准备好的台词居然一句也说不出口，倒是林溪落落大方地主动打招呼道："嘿，你好，撞衫侠。"缓过神的苏渝急忙回应："你好！林溪。"有了这次搭讪后，他们的关系就像摁了快进键，很快成为了无话不谈的好朋友。他们一起吃饭，一起散步，一起看电影，只是，他们之间也只停留在朋友的关系上，始终没有一点深入的进展。苏渝便在心里安慰自己：不急，来日方长。

二

大二那年，有一天，蔚蓝色的天空飘着丝丝云彩，林溪和苏渝坐在学校的操场上享受着日光的沐浴。突然，林溪对苏渝说："暗恋一个人的滋味魂牵梦绕的，好折磨人，可怎么办呢？"苏渝长长地舒了一口气：林溪总算没有辜负自己这一年多时间的陪伴，看来今天是时候要揭开那层面纱了。但他仍然故作矜持地说："那就直接表白呗！"林溪噘着嘴说："说得倒轻巧，多难为情啊！"苏渝说："有什么好难为情的，爱他就要说出来，说不定他已期待很久了。”林溪说：“你又不是他，怎么会知道他很期待。”

林溪的这句话，深深刺伤了苏渝，他的世界一下子就破碎了，心也跟着疼痛起来。他那么喜欢林溪，喜欢她眼睛里的清澈，喜欢她的率真，喜欢她的大大咧咧，亦喜欢她没心没肺的样子，可如今她喜欢的人却不是他。

好在，没多久，林溪就失恋了，因为她暗恋的男生已经有了女朋友，这就意味着苏渝又有了机会。那天，苏渝刚刚下了课，便被林溪生生从教室拽到了外面。她哭得一把鼻涕一把泪的，完了趴在苏渝的肩头还不停地抽泣：“我向他告白，他说已经有了喜欢的人了。苏渝，我怎么办？我怎么办？”苏渝拍拍她的胳膊安慰她说：“没关系的，总有一天你会发现有一个人爱着你。”林溪便仰起满是泪痕的脸问苏渝：“会吗？可他在哪里呢？”

那段时间，苏渝怕林溪伤心，只要一有时间便陪伴她左右。一次，苏渝带林溪外出郊游，路上遇到了其他系的一个男生。那男生招呼了林溪一声，林溪便立刻眉开眼笑起来，她甚至都没跟苏渝打声招呼，便像小鸟一样向那男生飞奔而去。

直到她受伤而归，苏渝依然像上次一样来到她身旁安慰她、开导她。就这样，大学四年，林溪换了一任又一任男友，她开心的时候苏渝陪着她笑，她伤心的时候苏渝借给她肩头。这四年，林溪的每一场恋爱，苏渝都仿佛是她的守护神。

三

毕业前夕，大家即将各奔东西，林溪问苏渝：“毕业后你准备去哪里？”

苏渝说："你在哪里，我便在哪里！"说这话的时候，林溪没有男朋友。虽然林溪对苏渝一直不解风情，但她还是有片刻的感动。林溪忘情地扑进苏渝的怀抱，深情地说："苏渝，你真好，真不愧是我的好哥们。"

四年的守候，换来的依然是"好哥们"的称谓，苏渝难免有些落寞，但他依然不愿意离开林溪。能够看到她，听到她的声音，苏渝已经觉得很满足了。

然而，林溪再一次出现在苏渝的面前时，身边却多了一位高挑英俊的男友。林溪开心地附在苏渝的耳边说："他叫王小帅，怎么样，是不是很帅气？顺便告诉你，这辈子我认定他了。"说完，拉起男友的手，飞也似的向着校园的小树林跑去。

苏渝再一次旁观着她的甜蜜、她的兴高采烈，内心却无比酸涩。但最让他伤心的是，王小帅居然指责他们之间暧昧不清，甚至说他对林溪不怀好意，图谋不轨。

好吧！成全他人，何尝不是一种爱的方式。思索再三，苏渝决定放弃林溪，去往另一个城市，开始一种全新的生活。

这期间，林溪一直在忙着与王小帅恋爱。她爱王小帅，不仅因为王小帅的帅气，还因为他选择了和林溪同城发展。

只是林溪没有想到，自己喜欢帅气的男友，别的女人也喜欢。不久，林溪发现，在王小帅的身边围着好几个女人。当她怒气冲冲地当面质问王小帅时，王小帅理直气壮地说："你还不是有过很多男性朋友，接受不了我身边有女性朋友，那我们就干脆分手。"说完，王小帅头也不回地就走了，全然不顾黯然神伤的林溪在那里独自流泪。这时的林溪突然想起了苏渝，是啊！要是苏渝在自己身旁多好，至少他可以为自己疗伤。

想到苏渝，林溪便立刻给他打了电话，这便出现了开头的那一幕。

四

就在苏渝风驰电掣般一路向着林溪的方向奔驰时，王小帅又回转身来找到了林溪。他告诉林溪，其实自己喜欢的人还是林溪，那几个女人不过是自己找上门来而已，希望林溪一定要相信自己，并求得原谅。

开始，林溪对王小帅的话置之不理，可经不住他再三恳求。林溪终于被说动了，准备重新接纳王小帅。但她不想马上给他一个肯定的回答，便说："你先回去吧！我会好好考虑的，两天后给你答复。"

王小帅走后，林溪马上给苏渝打了电话："苏渝，你走到哪里了？"苏渝在车上，戴着蓝牙耳机回复她："我现在在高速路上。林溪，你等着，我马上就到。放心，一切都会过去的。"林溪却语调轻快地说："苏渝，你不用过来了。顺便告诉你，王小帅说他依然喜欢我，我准备和他重归于好了。"林溪的话音刚落，就听电话那头传来刺耳的刹车声，紧接着便是一阵巨大的碰撞声。

一切来得太突然，林溪被吓呆了，急忙对着手机大声呼喊起来："苏渝，苏渝，你怎么了？你怎么了？"手机没有回音，林溪已经急得哭出了声，依然对着手机大喊着："苏渝，苏渝，你不能死，你不能死！你死了我怎么办？我不能没有你……"

想起苏渝，林溪心里忽然疼痛起来。自己的每一次恋爱，从全情投入到受伤而归，苏渝就像她受伤时的药，为她抚平一切。也许到了这个时候，林溪才清晰地发现，自己的生命中不能没有苏渝。这个人，早已经刻在自己的骨髓里、生命里，和自己连成了一体，只是自己忽略了他而已。

想到这儿，林溪再次对着手机呼喊道："苏渝，你听着，你一定要给我活着，因为我爱你。”这时，手机里缓缓地传来了微弱的声音：“林溪，你说什么？我没听清楚，你再说一遍。”林溪哭着说：“苏渝，我爱你，你一定要挺住。”苏渝感动得流出了眼泪，说：“林溪，谢谢你！我也爱你！”停顿了片刻，苏渝接着说，“还好，我只是撞在了路边的栏杆上，头受了点伤，不过放心，我不会有事的。”

放下手机，林溪马上出门叫了一辆出租车，她决定立刻去找苏渝，并告诉他，她会和他相亲相爱一辈子。

寻寻觅觅，原来生活中，很多时候爱与我们一直如影随形，只要转过身，就能看见爱。

谢谢你愿意做我的爱人

一

林浅二十八岁那年，从成都回到家乡，不久便应聘进了一家新公司。坐在她对面办公的唐媛媛还没等和她熟络，便迫不及待地问：“美女，你有男朋友吗？”林浅说：“没有。”话音未落，唐媛媛一声“太好了”让林浅立刻有点不悦，说：“难道我没有男朋友，你幸灾乐祸啊？”唐媛媛立即说：“美女，你误会了。是这样的，我老公的同学今年二十九岁，单身，和你简直就是绝配。”说完，不等林浅同意，便一个电话敲定了一场约会。

其实，彼时的林浅刚刚结束了一段长达五年的恋情，她是不想急于去相亲的。怎奈，架不住唐媛媛一番苦口婆心的劝说，唐媛媛说对方如何如何优秀，错过了这次相亲，会追悔莫及的……

江南那天比预约的时间晚到了十分钟。反正是休息日，加之林浅也没有抱太大的希望，所以她也根本不在乎江南为什么迟到。可是，当江南站在自己面前时，林浅还是有一点小小的心动的。面前的江南，不仅眉目清秀，而且气宇轩昂。一见到林浅，江南便不停地说："真的对不起，因为去看望一位病人，正要出门时，病人想去卫生间，所以耽搁了时间。"林浅说："没关系啊！再说你是事出有因。"江南说："真的不计较？"林浅"嗯"了一声。而林浅的善解人意，让江南看她的眼神，顿时就亮了。

接下来，两个人的谈话也变得轻松自然起来。江南问林浅："你一般对男朋友有什么要求？"林浅说："倒也没什么过分的要求，拥有一份稳定的工作、一颗善良的心，只要不是富二代就行。"林浅的话，让江南委实吃惊，他惊讶地问："女孩子不都喜欢富二代吗？你为什么要排斥呢？"江南的话，一下子就勾起了林浅对往事的回忆。

二

那是2010年，林浅和沈卓都在上海读大学。一次，在林浅室友的生日聚会上，作为室友朋友的沈卓和林浅一样也应邀出席了那次宴会。起初，林浅并没有给予他过多的关注。可是席间，有人来到林浅面前不停地劝酒，林浅哪里会喝，正在左右为难之时，沈卓从桌子的另一侧来到林浅的面前，一把夺过林浅手中的杯子说："不要为难女生，这杯酒我替她喝了。"说完，一仰脖子就喝光了那杯酒。此时，在场所有人的目光都聚集在了他们两个人身上，更有好事者开始喊："在一起，在一起。"顿时，林浅的脸红得就像晚霞一样。

那次聚会后，沈卓从林浅的室友那儿要来了林浅的电话，然后他几乎没费什么力气就追到了她。

那时候，两个人一起去吃饭，沈卓总是把碗里最好吃的全夹给她。林浅过生日时，她只是对着橱窗里的蛋糕多看了一眼，结果，一个带玫瑰花的奶油蛋糕便摆在了她的面前。

一天傍晚，外面下着雨，沈卓给林浅发短信："在干吗？"林浅回："有点感冒了。"沈卓紧张地问："吃药了吗？"林浅回："没有那么严重，睡一觉就好了。"沈卓急了，说："那怎么可以？"林浅回复："大惊小怪。"然后便没有了下文。

半个小时后，沈卓冒着雨出现在了林浅面前，将几包药放在她手上，然后倒了杯白开水，将药片一粒一粒喂进她的嘴里。那一刻，林浅哭了。

青春时光里一个男生把所有的宠溺都给了她。林浅以为他们会一直这样走下去，可是却没有。

三

沈卓是成都人，大学毕业后，尽管林浅很想回到父母身边，但考虑到沈卓是单亲家庭，还是随沈卓一起去了成都。

等他们在成都站稳了脚跟，有一天，沈卓对林浅说："我跟我妈说了我们俩的事，今天准备带你一起回家，不管我妈说什么，请你一定要担待。"林浅说："放心吧！阿姨一个人生活实属不易，我不会怪罪她的。"

等沈卓带林浅来到一座阔绰的别墅前，林浅说："你傻了？怎么带我到这里来？"沈卓说："因为我妈就住在这里啊！"林浅似乎有点恍然大悟地说："哦！原来阿姨在这里做保姆啊！"沈卓说："说什么呢，这是我家啊！""你家？"林浅立刻瞪大了疑惑的眼睛。沈卓急忙解释道："对不起！林浅，之所以没有早点告诉你，是不想给爱情披上一层功利的外衣。在我很小的时候，我爸和我妈就开始一起打拼，终于开办了一家上市公司，我爸却在那个时候因病过世了，公司便由我妈一个人打理。"

林浅从小生活在一个普通的小市民家庭，曾亲眼目睹了父母因为柴米油盐而发生争执。她曾经发誓长大后一定要嫁个有钱人。但遇到沈卓以后，林浅才发现，当一个人遇到爱情的时候，哪怕对方一无所有，自己也会心甘情愿。只是没想到，沈卓居然是个富二代。

可是，让林浅更没有想到的是，沈妈妈一万个不同意他们俩在一起，因为她已经为沈卓找好了门当户对的女朋友，她的儿子将来掌管公司需要对方的扶持。

当林浅从沈卓家哭着跑出来后，沈卓追上她说："你放心，我会说服我妈的，你要相信我，不要放弃我，好吗？"

从此，林浅心里有一种不安的东西开始作祟。每次沈卓回家和母亲谈判，林浅都会哭着跟他闹一场。在林浅的哭闹中，沈卓越来越没有耐心，脸上的疲倦感越来越重。

终于有一天，沈卓觉得累了，他对林浅说："我们分手吧！"林浅赌气说："分手就分手。"结果，沈卓再也没有回来找过她。林浅不甘心，便厚着脸皮去找沈卓，这才发现沈卓的身边已经多了一位美女陪伴。于是，带着满心的伤痛，林浅从成都回到了家乡。

四

林浅把自己的故事讲完的时候，江南急忙给林浅递上了一杯水，说："即便你被富二代伤害过，也不能把富二代全部否定了吧！"林浅看着他笑笑说："反正你又不是富二代，怕什么？"江南一时语塞。停顿了片刻，林浅对江南说："说说你呗，说说你的青春，说说你爱过的姑娘。"江南叹息着说："还不是和你大同小异。"

和林浅一样，江南上大学的时候也有过一个心仪的姑娘。他们也曾花前月下，也曾小桥流水，一起走过了快乐的大学时光。只是大学毕业后，姑娘成功进入一家广告公司，而江南却选择了去保家卫国，自此他们天各一方。

一晃三年，江南荣归故里。他回来后的第一件事情就是带他的姑娘去拜见他的家长。其实，他们在一起后，江南很少提及他的家庭，姑娘隐隐觉得他的家庭一定有什么隐私，那时候，姑娘那么爱他，便也不再多问。

姑娘是来到江南的家中以后才知道，江南的母亲有着严重的精神障碍，她甚至连自己的儿子都不认识，看到江南，她不停地哭闹着："你不是我的儿子，我要我的儿子。"

那次从江南的父母家里出来，姑娘在手机上给江南留下了这样一段文字："江南，感谢你陪伴了我这么多年。其实单位一个同事追了我好长时间，可我一直不愿放弃对你的爱。可是，我没有做好家里有位精神病患者的准备，对不起，就此别过吧！"然后，姑娘再也没有出现在江南的面前。

江南回忆完自己的青春往事，有点挑衅地对林浅说："怎么样？要不要见见我的家长？"

难得遇到聊得这样兴致盎然的对手，林浅内心很是欢喜，便说："好啊！随时恭候。"

五

第一次见江南的家长，一进门，江南就喊："妈，我回来了。"出乎林浅意料的是，江南的妈妈这次并没有哭闹，而是笑着对他说："儿子，妈好想你，让妈妈看看你。”江南便将脸凑在妈妈的面前，任由母亲端详。

林浅就是在看到这对亲昵母子的温馨画面时爱上江南的：这么孝顺体贴的孩子，这么有爱的一个家庭，林浅没理由拒绝。

之后的三个月里，林浅与江南的家人一直相处得很和谐。一天江南来到林浅面前，郑重地说：“林浅，你愿意和我一起陪伴老人吗？”林浅说：“我愿意。”江南又说：“那你愿意嫁给我吗？”林浅的脸一下子就红了，看着江南期待的眼神，林浅羞怯地说：“我愿意。”然后江南便红了眼睛，说：“谢谢你，林浅，谢谢你没有嫌弃我的家人，也谢谢你愿意做我的爱人。”稍停片刻，江南说：“我这就带你去一个地方。”

然后，两个人开着一辆吉普车一起来到了一座气派华贵的别墅前，林浅疑惑地问江南：“这是哪儿？”江南说：“这是我的家啊！”林浅更加困惑了，说：“那之前的那个家呢？”江南说：“是这样的，那年，我和我最要好的朋友一起参了军，谁知，在一次排雷中，我的朋友光荣牺牲了，她的妈妈为此疯了。所以复员后，我便时常去家里照顾老人家。慢慢地老人清醒了，认了我这个‘儿子’。”听完江南的叙说，林浅再次问他：“那么说，你也是富二代了？”江南点了点头。

然后，林浅转身就要离开，却一把被江南拽进了怀里。林浅在江南的怀里挣扎说：“我们门不当户不对，你的父母不会同意的。”江南说：“傻丫头，我们俩的事我早已跟父母说了，他们尊重我的选择。”林浅不相信似的问：“真的？”江南说：“当然是真的。”于是，林浅在江南肯定的语气里跌入了他的怀抱。

我爱你，所以让你去爱别人

一

要不是江雪在宾馆里当场抓了李焱的现行，就算全世界的人背叛她，她也绝不会相信李焱居然会背叛自己。

晚饭的时间，李焱接了一通电话，说有人找他有要事相谈。江雪并没有多想，在李焱出门前，她还顺手把李焱的外衣递给了他。

待李焱出门后，江雪发现他的手机落在了沙发上，便摇头叹息道："这人怎么变得丢三落四的。"

江雪并没有看李焱手机的习惯，可是手机短信提示音却在沙发上接二连三地响起，江雪怕李焱有什么重要的事情被耽搁，这才拿起李焱的手机，随手翻看起来："你到底什么时候和她摊牌？告诉她你们之间已经没有爱情了，你爱的人是我！"

看完短信，江雪一下子就懵了：这怎么回事呢？可她转念一想，肯定是谁发错了短信，于是便接着打开了第二条短信："我在天心宾馆七二八，速来。”

这条短信让江雪眉头紧锁，心里很不是滋味，但她还是很淡定地打开了第三条短信，只见上面写着：“李焱，你在搞什么，怎么不回我短信……”

看到李焱的名字，江雪便立刻瘫在了沙发上，她的世界仿佛在刹那间崩塌，嘴里不停地喃喃自语：“怎么可能？这一定不是真的。”

在短暂的沉寂中，江雪慢慢缓过神来，她决定亲自去宾馆走一趟，去弄清事情的真相。

一路上，她跌跌撞撞地走着，脑海里却不停地浮现着她和李焱曾经的过往。

二

江雪刚到成都工作的时候，人生地不熟。有段时间，每天上下班总觉得有人跟踪她。每次坐公交车，上车下车，她总能不经意间看到一个人的身影。她不得不注意到他，其实她知道他叫李焱。

第一次遇到他，是在电梯上，他挨近电梯按钮的位置，因为人多，她一上来就报了一下“二十七”，他顺手按下了按钮。随着电梯上升，电梯里的人已经越来越少。电梯升至二十五层时，她听到有人喊：“李焱，你发什么呆啊！该下电梯了。”听到同事喊他，李焱意味深长地扭头看了江雪一眼，缓缓走出了电梯。

江雪在与李焱的匆匆对视中红了脸。面前的李焱，虽然不高也不帅，但他那一双灿若星辰的眸子，却瞬间照亮了江雪的世界。所以，她一下子就记住了李焱的名字。

成都的三月，满大街的鲜花都争先恐后地忙着次第开放。江雪刚入职，工作忙得不可开交。可是，再忙再累，只要一想起那双亮亮的眼睛，她就觉得浑身充满了活力。

这样美好的日子持续了数月。有几日，江雪在电梯里没有看到李焱，她还真有点不习惯了，便跑到二十五层去打听，这才知道他休假了。

转过几日，江雪在小区里看到一个熟悉的身影，竟然是李焱！江雪抑制不住内心的惊喜，走上前去主动打招呼："原来你也在这里啊！"李焱像是很随意地回答："真是好巧啊！以后我们就是双重邻居了。缘分哪！"

江雪不知道的是，他利用休假的时间，刚刚搬到了这个小区。

三

接下来，他们理所当然地一起上班下班了。李焱总是掐着点在江雪出门的时候及时出现。

在后来两个人的交谈中，李焱知道了江雪每天早晨出门都顾不上吃早餐。于是，每天江雪一出门，一杯热腾腾的豆浆外加一套煎饼果子就被递到了她的手里。开始，她还有些不好意思，可是看到他那双澄澈热切的双眼，她便含笑接受了。

那时候，两个人一起去赶公交车，要横穿一条马路。每次过马路时，李焱都会很自然地与江雪错开一步，挡在她的前面。江雪虽然嘴上没有说什么，但她心里却是暖暖的。

这天吃过晚饭，两个人绕着小区散步。突然，李焱停下脚步转过身，对江雪说："丫头，从见你的第一眼起我就喜欢上了你，你愿意做我的女朋友吗？"这一刻江雪等了好久，她才不要什么矜持，急忙回答道："我当然愿意了。”

最好的爱情莫过于我喜欢你，而你也正好喜欢我，能和喜欢的人在一起是一件多么幸福的事情。

去李焱家见父母。满满一桌子菜让江雪不知从哪里下筷子。正犹豫间，三双筷子同时搛着三道不同的菜一起放进她的碗里，江雪一下子就被这个有爱的家庭温暖到了。所以，她决定嫁给他。

四

婚后的江雪就像掉进了蜜罐里。她去厨房做饭，李焱就会把她轰出来，说女人被油烟熏了皮肤，就不好看了；她去洗碗，他又说：“洗碗，会让你的手变粗糙的。”江雪嘟着嘴说道：“家务活都被你抢去了，那我该干点什么呢？”李焱宠溺地看着她：“你负责貌美如花。”江雪娇嗔道：“你这样宠着我，一旦你不在我身边，我可怎么活啊！”

可是，这样幸福甜蜜的生活不过才两年，怎么会突然出现变故呢？一定不会的，这里面一定有什么误会。想到这，江雪便振作起来，不一会儿便来到了那家宾馆。

站在七二八房间门口，江雪并没有犹豫，因为她相信这件事压根儿就是一场乌龙，李焱不会做对不起自己的事情。

然而，令江雪措手不及的是，打开门的正是李焱，身后还有一个毛茸茸的脑袋。她浑身不自觉地颤抖起来，用手指着李焱哆嗦着问：“这怎么回事？”李焱看到她，并没有表现出很意外的样子，只是耸耸肩：“好吧！既然你都看到了，不如索性说清楚好了，我们离婚吧！”江雪气疯了，歇斯底里地大喊道：“这到底是为什么？你给我一个解释！”这时，那个头发毛茸茸的女人说："这还需要理由吗？就是李焱已经不爱你了，他爱上了我。"江雪再也控制不住自己，大哭着转头跑走了。

江雪跑到李焱的父母那里哭诉。可是，他们说，他们尊重李焱的选择。

昔日那么有爱的一个家，就这样在她面前土崩瓦解了。

五

离婚后的江雪，带着满身的伤痕回到了自己的小城。在经过一段痛苦的挣扎后，那一年她全力备考，终于考上了公务员。

在一个同事的热烈追求和百般呵护下，她终于解开了心结，与其共结连理。婚后，他们互敬互爱，一年后，他们还有了一个可爱的小宝宝。

可是，偶然间想起李焱，她的心底里还是会隐隐作疼。

五年后，江雪与同事出差到成都，办完事后她们到一家餐馆吃午餐。入坐后，她随意地扫了一眼餐厅，里面早已坐满了人。突然，她发现了一副熟悉的面孔，那人正目不转睛地看着她。她思索了半天才猛然想起，这不就是五年前那个顶着一头毛茸茸头发的女人吗？怎么坐在她身边的人不是李焱，而是其他的男人？

江雪不由自主地站起身来走向她，故作轻松地问："怎么，你也有被甩的那一天？"

那女人并不甘示弱，说："你就是一个傻女人。"

江雪说："是，我要是不傻，怎么会没有发现你们之间的奸情。"

女人有点愤怒地说道："好吧！我不妨告诉你，李焱已经死了。"

江雪好像没有听懂她在说什么，问了一句："你说什么？"

女人慢慢地说："他死了。"

江雪脚下一软，差点摔倒在地上，说："你骗人！"

女人接过她的话说："我没有骗你，他得了癌症，发现时已经是晚期了，因为太爱你，所以他恳求我一起演了一出戏……"

女人告诉了江雪李焱墓地的位置，江雪听完后大喊道："为什么？他为什么不告诉我！为什么要独自承受病痛的折磨？他爱我，难道我不够爱他吗？"

江雪不顾一切地冲出餐厅，冲向熙熙攘攘的大街。她找到一个公交车站点，坐上了一辆开往郊区的大巴，一路昏昏沉沉来到了李焱的墓地。

六

她以为一切只是那个女人想要摆脱她的胡言乱语，可是墓碑上却真真切切地刻着李焱的名字。她扑倒在李焱的墓碑上，大声喊道："为什么？为什么？为什么不让我陪着你？为什么不让我与你生死与共？"泪眼模糊中，她看到墓碑下面有一行小字："你过得幸福，我才走得安心。"

江雪突然明白了，李焱不想让自己痛苦，所以用这种残忍的方式将她推开。

轻抚着那一行小字，江雪放声大哭……

缘分的天空

一

钟小蕊去参加一个同事的婚宴，可能因为消化不良，在回来的路上，她的胃部开始剧烈疼痛起来。她一边走一边用双手捂着胃部，脸色苍白，额头汗水涔涔，那狼狈又可怜的模样，让迎面走过来的林小凡动了恻隐之心。他急忙上前搀扶着她，把她一路送到了医院。

林小凡帮钟小蕊挂了急诊，又跑前跑后送化验单，再到病房取药。等护士给钟小蕊打上了点滴，看液体一滴一滴流进钟小蕊的体内，林小凡才算安下心来。

大约过了半个小时，可能药物起了作用，钟小蕊的胃痛得到了缓解，这时她才仔细观察起眼前这个热心的年轻人。他肤色白皙，清秀的五官带着一抹俊俏，帅气中又带着一抹温柔，瘦瘦高高的，这不就是自己无数次在心里描摹的梦中情人吗？想到这，钟小蕊的脸兀自红了起来。

看到钟小蕊在打量自己，林小凡有点不好意思，急忙帮钟小蕊掖了下被角。这时，钟小蕊轻轻地说了句："谢谢你！"心里泛着柔柔的涟漪，林一凡急忙回答她："别说话，你需要好好休息。"

药水快要输完的时候，护士走过来对林小凡说："回家后，记得别给你爱人吃生、硬、冷的东西。另外，别忘了用暖水袋给你爱人敷一下胃，这样会好得快一些。"护士的话，让林小凡面红耳赤，但他并没有反驳护士的话，而是镇定自若地回答护士："好的，我知道了。"

等打完了点滴，两个人一起从医院出来，林小凡对钟小蕊说："我家就在附近，要不先到我家去吧！医生说，要先帮你用暖水袋热敷一下才会好得快些。"钟小蕊不好意思地说："已经够麻烦你了，我就不去了。"林小凡说："也好，那我送你回家吧！但你要答应我，回家后一定要用热水袋敷一下胃，好吗？"林小凡温柔体贴的话语，再次让钟小蕊心动。

二

快到家的时候，钟小蕊才想起林小凡为她垫付的医药费，便急忙从钱包里抽出两张百元钞票准备还给他，却被林小凡拒绝了。林小凡说："你要是过意不去，下次请我吃饭好了。"钟小蕊开心地说："好啊，那我们一言为定。"

分别后，钟小蕊只要一想到还能和林小凡再一次见面，心里就像灌了蜜糖一样快乐和甜蜜。她发现自己喜欢上了这个男孩子。

只是钟小蕊不知道，其实，林小凡的心里对她也起了波澜。在医院里，凝望着钟小蕊那张素净、白皙的面孔，外加她羞涩、腼腆的样子，那一刻他的心莫名动了一下。或许缘分就是这么奇妙，她，居然也是他喜欢的样子。

大学几年，虽说有不少女生向他示好，怎奈他不解风情，或者说她们根本就不是自己喜欢的那种风格。自己究竟喜欢什么样的女孩他也说不清，所以大学几年里，当其他同学都沉浸在爱河里，而他的情感却始终一片空白。

所以，林小凡对下一次的相聚也便多了一份期待、一份憧憬。他多么希望钟小蕊能早点联系自己，一起吃饭，一起散步，一起聊天，一起花前月下，到时候说不定会有浪漫的故事发生呢！

可是，一周的时间很快就要过去了，林小凡还是没有接到钟小蕊的邀请。他便有些坐卧不宁，也有一些懊恼，懊恼自己那天给钟小蕊留电话时，居然忘记了要钟小蕊的电话。他去钟小蕊所住的小区找她，可那么大的小区，他几次都扑了空。

三

周末的早晨，林小凡刚刚起床，悦耳的铃声便响了起来。钟小蕊在电话里用温柔的声音问林小凡："你今天有时间吗？我们中午到乐味蜀火锅店见面如何？"

还没等钟小蕊说完，林小凡便迫不及待地说："有时间，有时间，我一天都有时间，不如我们现在就出发，先去逛公园，中午我们在一起吃个饭，饭后我们再一起散散步、聊聊天……"

钟小蕊被林小凡一连串的话语逗笑了，她开心地应允着。正准备挂电话时，林小凡冷不丁地说了句："钟小蕊，我喜欢你。"

钟小蕊愣了片刻，轻轻说了句："我也喜欢你。"放下电话，钟小蕊换上漂亮的衣服，快乐地出门去了。

钟小蕊走到一个交叉路口时，忽然就看到了一个熟悉的身影，那不正是林小凡吗？他正搀扶着一个大着肚子的女人过马路，女人不停地跟他说着什么，他颔首微笑着，一边贴心地从女人的臂弯里取下一个大挎包，一边搀扶着她继续过马路，那份亲昵的感觉，却深深刺痛了钟小蕊的眼睛。

看着他们相扶相携地走过马路，她恨不得上前揪住林小凡问个究竟，既然有了太太，有了孩子，为什么还要约自己逛公园、散步、聊天，为什么还要说喜欢自己？难道想和自己玩婚外情？钟小蕊呆立在十字路口，有那么一刻，她觉得自己快要倒下去了。

钟小蕊转身就往回跑，她一边跑一边泪流满面，她满以为遇到了一份心仪的爱情，没想到却遇人不淑。想到这儿，她的心就会剧烈地疼痛起来。

再说那天，林小凡在公园扑了个空，钟小蕊的电话也关了机，他便满世界地寻找钟小蕊，也曾几次到钟小蕊的小区去找她。为了斩断与林小凡的关系，钟小蕊请小区的保安转告他，她从这个小区搬走了，以后不要再来找她了。可是他依然不死心，一次次在小区里徘徊。有好几次，钟小蕊恨不得跑出来当面质问他：为什么要欺骗自己，为什么要让自己难过？

四

三个月后，林小凡和一个客户去一家酒店吃饭，回来的路上，他偶然路过一个婚纱店，橱窗里洁白的婚纱吸引了他。他不自觉地走近橱窗，心想着，如果不是钟小蕊突然失踪，说不定有一天她也会为自己披上婚纱的。

林小凡眼睛直直地看着婚纱，穿过透明的玻璃，突然，他看到室内一个熟悉的身影正穿着一件洁白的婚纱在镜子前照来照去，他以为自己眼花了，用手揉了揉眼睛，定睛一看，这不就是钟小蕊吗？

原来钟小蕊已经有了男朋友，她就要结婚了。他的心瞬间痛苦地痉挛起来。他不想让钟小蕊看到自己痛苦的样子，他也不想再质问她什么。既然她就要结婚了，那就放过彼此吧！是谁说过，放弃也是一种爱……想到这儿，他转身跑走了。

他一口气跑出了几条街，却突然停住了脚步。他觉得心有不甘：有些事如果现在不问清楚，恐怕以后再也没有机会了。是的，他想知道为什么当初她突然就爽了约，而且消失得无影无踪；明明她说过喜欢自己，不过才过了三个月，为什么突然又要嫁给别人？

他回头去找她，因为害怕她已经离开了婚纱店，于是他发疯似的往回跑。跑到橱窗那里时，还好，钟小蕊还在那里，只是她已经脱下了婚纱，正在里面和同伴开心地聊着什么。他一步就跨了进去，来到钟小蕊面前，气喘吁吁地说："钟小蕊，我想问问你，当初为什么突然失踪，是因为你原本就有了未婚夫吗？那你为什么还要说喜欢我？"

钟小蕊在看到他的那一刹那，惊讶得目瞪口呆。她没有回答林小凡的话，而是有点泛酸地问他："你的太太还好吗？你的孩子应该也出世了吧？"林小凡似乎一下子就明白了当初她逃走的原因。于是，他红着脸说："谁有太太了？谁有孩子了？我不过帮助那位孕妇过马路而已。倒是你，如今却要穿上婚纱了，告诉我，我还有机会吗？"

钟小蕊被林小凡的话惊呆了，原来当初是自己误解了他，原来自己差点儿就错过了这么有爱心的男生。然后，她和坐在旁边的同伴忽然一起哈哈大笑，钟小蕊甚至笑出了眼泪，说：“你胡说什么啊？谁要嫁人了，我不过是替同伴试了试婚纱罢了。”他听后，也跟着傻笑起来，上前一把抱起钟小蕊就在原地转起了圈儿。

原来，绕了一大圈儿，缘分的天空依然属于他们。

一场蓄谋已久的爱情

一

徐梦瑶所在的公司，周一要新来任一位部门经理。一大早，徐梦瑶就开始梳妆打扮起来，因为她很珍惜这份来之不易的工作。她认为给上司留下一个好印象至关重要，于是，她花费了近半个小时为自己画了一个精致的淡妆，穿上最漂亮的衣裙，一切准备就绪，便迈着轻盈的步伐走出了家门。

可是，出门等公交车时，她才发现自己忘记带手机了。在如今这个通讯发达的时代，凡事都离不开手机，徐梦瑶可不想因为客户给自己打电话找不到人而被辞退。于是，她毫不犹豫地跑了回去，等她取回手机再返回公交站时，已过去了十多分钟。好在一辆公交车及时赶到，徐梦瑶急忙跳上了车。

下了车来到公司门口，徐梦瑶看了下手表，离上班时间还差两分钟，而她的办公室却在十一层。还好，电梯正好停在了一层，里面已经进去了好几个人，徐梦瑶几乎是以百米冲刺的速度冲进了电梯。可能由于惯性，她整个人没能刹住车，结果她一脚踩在一个人的脚上，整个人也扑进了那个人的怀里。只听“啊”的一声，那名男子发出了一声凄厉的惨叫。

徐梦瑶知道自己闯了祸，急忙说：“对不起，对不起！”她的视线落在了那个人的脚上，这才看到，那人穿着一双价值不菲的朗丹泽皮鞋，她曾在一部电视剧里看到过一名男星穿过相同的款式。这下惨了，估计对方绝对不会轻饶了自己。

果然那人夸张地大吼一声：“我和你有仇吗？为什么要踩我？”

徐梦瑶自知理亏，低着头说：“对不起，我真的不是故意的。”

“什么？你还想故意踩我啊？告诉你，鞋坏了，你赔我鞋，如果我残废了，你得赔我个媳妇。”话音刚落，电梯里哗地笑作一团。

徐梦瑶这才抬起头看向对方，这一看不打紧，心中却立刻燃起了熊熊怒火，真是“不是冤家不聚头”。徐梦瑶嘴里大喊了一句：“臭小子，原来是你啊！”说着，便朝着那男子的脚面又狠狠地踩了一脚。这时电梯正好适时地停在了十一楼，徐梦瑶扭头便走出了电梯，全然不顾身后传来那男子一声声的“鬼哭狼嚎”。

二

徐梦瑶想想都觉得来气。一个月前，刚刚走出校门的她，便开始拿着精心准备的简历到各种人才交流市场投递。可是，每次负责招聘的主管拿起她的简历，只看上几眼就把她淘汰了下来。这让徐梦瑶很受打击：难道是自己长得丑吗？为此，她曾拿着镜子照了又照，觉得自己虽没有沉鱼落雁、闭月羞花之貌，但起码也算相貌端正、亭亭玉立吧！都说如今是个看脸的年代，看来也并非如此。

在一连串的应聘失败后，徐梦瑶有点心灰意冷。好在，终于有一家公司对她似乎饶有兴致地问来问去，徐梦瑶本来就准备充分，所以对考官的问题对答如流。最后，人事主管对她露出了满意的微笑。

可就在她准备跟对方签约时，从外面突然闯进来一个帅气逼人的小伙子，他一进门就说："主管大人，我想这份工作应该更合适我。"这突如其来的变故让徐梦瑶一时没反应过来。人事主管先是一愣，而后就笑容满面地对小伙子说："哦！你怎么过来了？"那个帅气的小伙子对人事主管使了一个眼色，人事主管便扭头对徐梦瑶说："不好意思，你先回去，随后我们会电话通知你。"徐梦瑶极不情愿地走了出去，心里却恨死了那个小伙子：凭什么这份工作就更适合你？真是空有一副好皮囊，却做出这样损人利己的事情。哼！臭小子，别让我再看到你，否则……

徐梦瑶终究没有等到那家公司的电话，这也是她预料到的结果。这天，她正在家郁闷，表哥来家串门，看到无精打采的徐梦瑶，便问她："瑶妹妹，你这是怎么了？"

徐梦瑶哭丧着脸说："还不是因为找不到工作？"

表哥说："找不到工作，为什么不找表哥帮忙？"

"你能帮我？"徐梦瑶有点不相信地问。

表哥说："我当然可以帮你，我同学的公司正在招聘员工，他最需要像你这样的人才，要不要试试？"

结果，在表哥的引荐下，徐梦瑶这次不费吹灰之力便应聘成功了。

三

徐梦瑶急急忙忙地来到办公室，看到其他职员都已经先她一步到了。不过还好，谢天谢地，她没有迟到。

这是一个偌大的写字间，每个人办公的地方都被隔成了一个个整齐的格子间。徐梦瑶刚刚坐稳，新上司就被人事主管带了进来。只是徐梦瑶做梦也没有想到，新上司居然就是那个在应聘时跟自己过不去的臭小子。

人事部经理首先做了个简短的介绍：高阳，二十八岁，美国留学刚刚回来……介绍完后，接下来便是新上司训话。内容无非就是精诚团结、服从管理，同心协力为公司创造好业绩等。

新上司侃侃而谈，徐梦瑶却在心里暗暗叫苦：完了，在这个臭小子手下干活儿，以后肯定没有好果子吃。怎么办？怎么办呢？正在她苦思冥想之时，只听新上司指着她说："你，你，说你呢！到我办公室来一趟。"等她反应过来，看到大家都齐刷刷地看向自己。

没办法，她只好硬着头皮来到经理办公室。徐梦瑶吓得都不敢抬头和高阳对视，但该来的还是会来。高阳只顾着写些什么，半天也不理睬她。徐梦瑶便怯生生地问："高经理，请问，有什么吩咐？"

高阳这才抬起头来说："丫头，你不会忘记你今天做了什么事情吧？"

徐梦瑶急忙讨好地说："没忘，没忘。"

"好，没忘就好，你这个可恶的小丫头，居然踩了我两脚！你踩疼我的脚就算了，可你把我的鞋子都踩坏了，你说怎么办吧？"

徐梦瑶无可辩驳，说："那我赔你鞋钱，行吗？"

高阳说："好啊，五万，现在就拿钱来。"

徐梦瑶上班也不过早他几天，薪水还没拿到手，哪有钱给他啊！高阳似乎看出了她的难处，说：“要不这样，钱你可以不出，但我们可以订个协议：接下来三个月，你除了在工作上帮我以外，业余时间也要随叫随到，你看怎么样？”

对于这个不平等的协议，徐梦瑶恨得咬牙切齿，有那么一瞬间，她真想辞职算了，可她又实在舍不得这份来之不易的工作。于是，她虽然极不情愿，却仍然回答道：“好吧，我接受。”

看着徐梦瑶转身离去的背影，高阳的嘴角露出了一丝坏坏的笑。

四

自从签订了“不平等条约”，徐梦瑶从此便沦落为高阳的使唤丫头。每天从早晨一上班，隔着透明的大玻璃，高阳就会示意徐梦瑶进去。

“梦瑶，你帮我打印一下这份文件。”

“梦瑶，你把那个公文帮我整理一下。”

“梦瑶，你去把这个样品送到董事长办公室。”

…… ……

高阳每天嘴里梦瑶梦瑶的，这让徐梦瑶极不乐意，说：“拜托，高经理，请不要省略我的姓，我们的关系还没有那么近好不好？”

高阳无可奈何地说：“好吧！梦瑶。不，徐梦瑶。”

同学聚餐、朋友聚会时，高阳也会带上徐梦瑶。刚开始，梦瑶从内心里极力反对：凭什么要我出席你的私人活动，我又不是你的女朋友。可一想到自己囊中羞涩，一时拿不出鞋钱，况且也不过三月之约，很快就会过去的，便也忍了。

那天，高阳带徐梦瑶一起出去应酬，双方要商谈一份合同。席间，一个油腻的中年男人突然色眯眯地抓住徐梦瑶的手，说："妹妹，如果你能陪哥哥喝个酒，哥就把这合同签了。"徐梦瑶还是第一次遇到这场面，窘迫得不知所措。这时，一旁的高阳一把揪住那人的领口，说："把你的脏手放开，给我马上滚！"油腻男看到这架势，领着随行人员灰溜溜地走了。

徐梦瑶一时没反应过来，她没想到高阳会有如此激烈的反应。徐梦瑶不安地问："合同毁了，老板会不会炒你鱿鱼？"

高阳回答说："没关系的，这家不成，我们还可以找下一家。但谁要不尊重我女朋友，我宁可没有生意做。"听高阳说自己是他女朋友，徐梦瑶的脸一下子就红了。

其实，徐梦瑶觉得要不是高阳曾经抢过她的饭碗，说实话，他还是蛮优秀的。他清新俊俏、风度翩翩、气宇轩昂、做事得体，外表看起来好像有点放荡不羁，但骨子里不经意流露出的那份纯情却让徐梦瑶对他越来越痴迷。徐梦瑶突然发现，自己好像是爱上他了，这样一想，脸不由得再次红了。

五

心里有了微妙的变化，便觉得时间过得好快，三个月的约定很快就到期了。高阳还算是个守信用的人，两个人的约定到期后，便没有再对她呼来唤去，也没有带她参加过任何应酬。反而是徐梦瑶，心里觉得空落落的，不知所措。

这天，办公室里议论纷纷，说高经理近期要出国进修。徐梦瑶忽地就开始对他有了万般不舍。下班的时候，同事们都纷纷走了，唯有徐梦瑶还坐在办公桌前对着透明的玻璃发呆。透过明亮的大玻璃，不知道高阳在里面忙些什么。

高阳出来的时候，看到徐梦瑶在，便问她："你怎么还没走？"徐梦瑶支支吾吾地回答道："有点事。对了，听说你要出国进修，是真的吗？"高阳说："当然是真的。怎么，你不舍得我，是不是爱上我了？"被高阳说破了心事，徐梦瑶红着脸，抓起桌上的背包就跑了出去。

没想到，第二天上班，高阳捧着一大把玫瑰来到徐梦瑶的面前，大声说："徐梦瑶，你愿意做我的女朋友吗？"这突如其来的幸福让徐梦瑶有点眩晕。她问高阳："你能告诉我你是从什么时候开始喜欢我的吗？"高阳说："如果你答应嫁给我，陪我一起出国进修，我就告诉你。"梦瑶害羞地点了点头。

原来，高阳和徐梦瑶的表哥是同学。徐梦瑶十八岁那年的某一天，天空下着淅淅沥沥的雨，他们撑着一把伞一起走在放学的路上。突然，对面走来一个七八岁的小男孩，衣服已经被雨淋湿了。高阳正犹豫着要不要把伞递给小男孩时，却看到一个女孩撑着一把紫色的雨伞遮住了小男孩，还问他家在哪里，要送他回家。她穿着一件淡雅清新的连衣裙，在雨中就像一朵出水芙蓉，有几缕头发被雨水打湿后紧贴在脸上，让她越发显得有一种清纯的美，但最打动他的恐怕还是女孩那颗善良的心。巧合的是，他的同学居然说那个女孩是他的表妹。那一刻，他发誓等她长大以后一定要娶她。

后来，高阳出国读完大学，又读了研究生，前一段时间毕业回家，他才从徐梦瑶表哥的口中知道了她的行踪。高阳所在的公司是他家的家族企业，而梦瑶当初差点应聘成功的那家企业，则是与他们家多年合作的公司。

他之所以绕了这么大一个圈子，只是为了让梦瑶真心爱上他，而不是自己以盛气凌人的姿态去接近她。

听完高阳的一番话，梦瑶如梦初醒，挥着小拳头对高阳说："哈！臭小子，原来一切都在你的掌控中，原来这是一场蓄谋已久的爱情！"

爱情这场戏

一

唐茜在一家酒馆一直挨到打烊。反正回到家里也是孤单一个人，与其在家打发寂寥的时光，还不如一杯一杯将自己灌醉。被服务员几次催促后，唐茜才醉意朦胧地起身离开了酒馆。

走出酒馆，大街上的人已经寥寥无几，唐茜一摇三晃地穿行在大街的人行道上。一阵冷风吹来，唐茜不由得打了个寒战，急忙双手交叉抱着自己的胳膊，低着头往前一步步趔趄地走着，看上去是那么孤单。突然，迎面一个人冷不防与她撞了个满怀。唐茜正要发怒，借着昏暗的路灯，却发现站在自己面前的，是一个看上去温柔帅气的男子。于是，那股无名之火，立即烟消云散。

男子盯着眼前这个女人，温柔地说："深更半夜还在街上跑，不怕遇到坏人吗？"唐茜立即回答道："我有老公的，只是他每天忙着出差罢了。"男子"哦"了一声，说："好吧！姐姐，不如让我送你回家吧！"这时的唐茜已经清醒了很多，虽然她对面前这个男子并无反感，甚至对方还有点讨人喜欢，但她还是拒绝了男子的好意。男子也并没有坚持，却突然像想起了什么似的说：“对了，刚才没有撞到你吧？”男子的话，倒是让唐茜有点愧疚，也许是自己晕晕乎乎撞到了对方吧，想到这，她急忙说：“怎么会？我没事的。”男子说：“那好吧，回家的路上一定要小心啊！”然后又嘟囔了一句，“你的老公怎么舍得你一个人出门？”说完，他们便各奔东西。

二

唐茜和老公苏远是在大学相识的。那年，学校举办了一场读诗会，唐茜用她那清丽而温婉的嗓音刹那间就吸引了苏远。接下来，苏远用了很长时间才追到了唐茜。

大学毕业后，他们没有像很多校园情侣那样分道扬镳，而是携手走进了婚姻的殿堂，一切都是那么美满幸福。但唯一的不足是，那时的他们，经济条件不太宽裕。于是，蜜月过后，苏远义无反顾地选择了“下海”，而唐茜则暂时进了一家小公司。

苏远开始越来越忙，先是出差，陪客户一起吃饭，再后来，就连节假日也忙得不可开交。唐茜提出抗议，苏远就拥着她说：“等咱们换了大房子，有了车，我们就天天在一起，我陪你看电视，陪你去逛街，陪你做家务，好不好？”唐茜便嘟着嘴说：“可是，你知道人家一个人在家有多无聊吗？”苏远便说：“那就不妨结交一些朋友，一起吃吃饭、唱唱歌、跳跳舞，只是，别被帅哥拐跑就好。”说完，又急匆匆地出门去了。

唐茜一赌气也跑了出去，只是她没有出去找朋友，更没有去唱歌跳舞，而是一个人跑到一家小酒馆，一杯一杯将自己灌醉。她发现，醉了的感觉真好，醉了就不用想谁、等谁了。醉了，回家后，她就会倒头大睡，梦里居然还梦到苏远守在她身边说，再也不把她一个人扔在家里了。唐茜喜欢上了这种感觉，于是，每当她寂寞的时候，就会一个人到这家小酒馆来，然后把自己灌醉。

三

这样经常出入小酒馆，自然身处阽危之地。那天，唐茜从小酒馆晃晃悠悠地出来，突然，被几个流里流气的流氓拦住了去路。其中一流氓说："妹子，一个人是不是很寂寞，陪哥哥们玩玩如何？"唐茜虽然有点晕乎，但她的头脑还是清醒的，立刻怒斥道："滚开，让我过去。"那几个流氓哪里肯让步，说："没想到，妹子还挺有个性，哥喜欢。"说着，那几个流氓就开始对唐茜动手动脚起来。唐茜拼命挣扎着，并开始大喊起来："救命啊！救命啊！"谁知，却被一流氓用手捂住了她的嘴巴。

眼看着唐茜要被几个流氓凌辱，在这千钧一发的时刻，只听一个男子从唐茜背后大喝一声："住手！"几个流氓扭头一看，发现只有他一个人，便挥拳打向他，一边打还一边说："让你多管闲事，让你多管闲事！"男子毫不畏惧，反手与那几个流氓打在了一起。混战中，一个流氓从身上拔出了一把匕首，用力刺向了男子的胳膊，顿时，男子胳膊上开始浸出斑斑血迹。一旁被吓得魂飞魄散的唐茜，看到男子受了伤，情急之中大喊起来："警察来了，警察来了！"一听说警察来了，几个流氓便匆匆逃走了。

唐茜急忙从口袋里掏出手帕来，为男子进行简单的包扎。好在男子的伤情并无大碍，只是被刺破了一个浅浅的小口子。唐茜抬起头，发现此男子正是那天和自己撞在一起的男子。原来，男子名叫顾凡，比她小两岁，在一家IT（信息技术）公司工作。但问题是，IT公司并不在这附近，他们之间怎么能如此巧遇呢？

这时顾凡似乎也猜出了唐茜的心事，说："其实是这样的，那天我来这附近约了一个朋友吃饭，结果没想到回去的路上碰到了你。我看你一个女孩子家喝得醉醺醺的，老公又不在家，我自然不放心，也不知道为什么，便鬼使神差地每天都会到这里来，一旦遇到你从小酒馆出来就会默默护送你回家，没想到今天遇到了这种事情。"

四

自从顾凡英雄救美，唐茜似乎活泛了起来，整个人好像也焕发了光彩。当然，这得益于顾凡总是时不时地邀请唐茜一起吃饭、聊天。

其实，唐茜也想过，这样跟顾凡经常在一起是不是有点对不起老公，毕竟老公在外打拼也是为了他们这个家，可她转念一想：老公不是让她在外结交些朋友吗？再说顾凡可不是一般的男子，他是自己的救命恩人，也是自己的一个弟弟而已。

这中间，苏远回来了一次，唐茜很开心，给苏远做了许多好吃的东西。饭桌上，唐茜有很多的话要告诉苏远，她要告诉他，她和顾凡是如何相遇相识的，她还想把顾凡介绍给他。可是，一切还没来得及说，苏远却说他即将出门，而且这次出门一去就是一个多月。

如果说之前唐茜是一再迁就忍让，那么这次她是彻底地被激怒了。她大吼着说："你整天就知道出差出差，你心里还有这个家吗？告诉你，我不要什么车子和房子，我只要你和我在一起。"苏远显然也生气了，同样大吼着说："我正处于事业上升期，你难道要我放弃大好前途，整天围着你转吗？”说完，他提起自己的行李箱，摔门而去，全然不顾唐茜已经哭得泪流满面。

苏远走后，一直到傍晚的时候，顾凡打来电话，问她要不要一起出去散散步，唐茜几乎脱口而出：“你等我。”

五

见到顾凡，唐茜非要拉着他去喝酒，拗不过她，顾凡只好从命。

唐茜一杯接一杯地和顾凡碰着喝，顾凡说：“姐，咱要不要慢点喝，这样会喝醉的。”唐茜说：“我就是要一醉方休。”

不一会儿，两个人都有些微醉了，自然他们的话也开始有点不着边际起来。顾凡说：“姐，你知道吗？你喝醉的样子很好看。”唐茜说：“真的吗？可是，为什么苏远不愿意多看我一眼，为什么他整天都不愿意回家？”说着，唐茜哭了起来。顾凡用自己的袖口给她擦了擦眼泪，说：“那是他没眼光，不懂得珍惜。”就这样，两个人又喝到酒店打烊。

送唐茜回家时，顾凡一路上都小心翼翼地搀扶着她，那感觉像生怕她摔倒似的，唐茜说：“顾凡，别对我这么好，我会依赖你的。”顾凡说：“我就是要你依赖我！”有那么一刻，唐茜真想扑进顾凡的怀抱。可是，这一刻，她却想到了苏远，那个曾经也对自己如此体贴呵护的男人，她怎么可以背叛他？

顾凡尽管嘴里不停地说着好听的话，却也实在是个正人君子，他没有乘人之危去冒犯唐茜，而是一路把唐茜送到家门口，才依依不舍地挥手告别。

也许正因为这一点，唐茜越来越信任他。

六

那一天，唐茜正在家中，苏远突然回来了，唐茜急忙上前去接行李箱，说：“你不是要出差一个多月吗？怎么才几天就回来了？”苏远怒气冲冲地说：“你是不是希望我永远不回来，然后你就可以肆无忌惮地在家和别人鬼混？”说着，他就将十几张照片扔在了唐茜的面前。唐茜一张张仔细地看着，有她和顾凡并肩走在一起的照片，有他们一起吃饭的照片，有顾凡搀扶唐茜回家的照片……

证据就摆在了面前，苏远大吼着说：“你还有什么好说的？”唐茜此时已厌倦了和苏远争吵，也不想再辩驳什么，更主要的是，她受够了苏远的冷漠。所以，她平静地说：“我们离婚吧！”

由于苏远握有照片，她也不辩解，被法院认定为过错方，唐茜并没有分得多少财产。回家收拾东西的那一天，唐茜在路上遇到了一个熟人，熟人对她说：“你可算离婚了，苏远其实在外早就有了小三，听说那小三最近怀了他的孩子，幸亏你离开了他，就是这财产分得少了些，让苏远白捡了便宜……”熟人的话让她突然想起，顾凡已经有好几天没给她打电话了。拿出手机，却发现有一条顾凡的短信，打开短信，只见上面写着：“唐茜，对不起，我骗了你！但我发现自己是真的爱上了你，如果可以，我愿舍弃一切和你在一起……”

突然，唐茜笑了起来，她笑苏远为了那点财产，居然费尽心机找人演戏；也笑顾凡为了一己私利，居然助纣为虐。但庆幸的是，自己识破了爱情这场戏，也认清了某些人的真面目。

收拾好东西，删掉顾凡所有的信息，唐茜提着行李走进一片阳光里。

苏小语，你弄丢了最好的爱情

一

认识李瑞安的时候，是一年里最好的季节，空气里裹着香甜的味道。

春天悄无声息地来了，真是游览的好时节。苏小语利用周末的时间，一个人背着旅行包到郊外去踏青。

其实，苏小语并非喜欢独来独往，只是她问了身边两个要好的女生罗婷和周雪要不要一起约，罗婷说周末要去图书馆，周雪说周末想去逛街。之后，苏小语便打消了再约其他人的想法：免得浪费时间和口舌。

春日和煦的阳光笼罩着万物，树梢开始吐露新芽，鲜花开始次第绽放，周围满是生机和希望。这样的季节，这样美丽的景色，在苏小语看来，真的是不可辜负。

但令苏小语猝不及防的是，早晨出门还是艳阳高照，没想到中午的时候，天空却突然下起了淅淅沥沥的雨。而此时苏小语正处在半山腰，前不着村后不着店，她只好躲到一棵树下去避雨，可即使这样，苏小语的衣服还是被雨水打湿了。

春天的雨多少还带着一点寒气，苏小语被冻得瑟瑟发抖，就在这时，身后传来一个很温柔的男生的声音：“苏小语，那边好像有个山洞，要不要和我一起去避雨。”苏小语扭头一看,这不是学校里大名鼎鼎的李瑞安吗?看到李瑞安，苏小语不由得脸红了。

用貌似潘安来形容他一点也不为过，李瑞安唇红齿白，肤色白皙，五官清秀，俊俏中带着一抹醉人的温柔。最主要的是，这样好看的男子，居然还是系里的高材生。据说，他家境也不错，父母都是某大学的教授，因此，学校里有不少女生为他痴狂呢。苏小语身边就有几个女生表示爱极了李瑞安。

其实苏小语也喜欢李瑞安，可是，苏小语却不敢有这样的奢望，她来自北方一个小镇，家境特别贫寒，她的父母双双下岗，一直靠打零工供她上学。所以，她纵使喜欢李瑞安，平时在学校看到他，也不敢看一眼。后来，干脆视他如空气一般。

二

苏小语随李瑞安一起来到一个山洞里，虽然洞口不大，但足够他们两人避雨。看着苏小语湿漉漉的头发，李瑞安急忙从背包里拿出一条毛巾，帮苏小语轻轻地擦拭。他一边帮她擦头发一边说：“苏小语，你为什么每次见到我都躲着我？”苏小语低着头说：“因为我们不是一个世界里的人。”李瑞安说：“难道我是外星人？”说完，苏小语便笑了起来。等她笑够了，李瑞安说：“苏小语，我喜欢你。”苏小语稍微愣怔了一下，然后不相信似的说：“你喜欢我？不会吧？”李瑞安说：“怎么不会。我喜欢你，喜欢你的清纯，喜欢你的淡雅，更喜欢你对我的漠视。”苏小语被李瑞安最后一句话再次逗笑了，然后李瑞安也跟着笑了起来。

李瑞安和苏小语谈恋爱的消息，就像插上了翅膀一样，在学校里迅速传播开来。那些喜欢李瑞安的女生们，不甘心地找到苏小语想问个究竟，当得到证实后，那些人虽然恨苏小语抢了她们的“男神”，却也无可奈何。

然而，苏小语最要好的女生罗婷却说出了她心中的顾虑：“小语，不是我不支持你和李瑞安交朋友，实在是这个男人太优秀了，恐怕以后还会有很多女生惦记他，你可要做好准备啊！”苏小语回答她说：“李瑞安爱我，我信任他。”接下来，他们俩便开始爱得轰轰烈烈，不管不顾。

学校的紫藤架上，翠绿的树叶与妖艳的紫藤花交相辉映，十分美丽。紫藤架下，他们两人在一起的点点滴滴，苏小语都如数家珍。他们一起读书，一起散步，一起在月下情话绵绵。

可就在他们即将大学毕业时，苏小语的母亲却病倒了，苏小语面临的选择是不得不回到父母的身边陪伴他们。而李瑞安早已接受父母的安排，回到南方进了一家外企。

三

自此，两人便开始了异地恋。白天，他们按部就班地各自忙碌着自己的工作和生活，晚上闲暇时，就会打个电话，诉一诉彼此的相思之苦。

几个月后，有一天，苏小语突然接到好友罗婷的电话，她喜不自禁地问：“罗婷，你现在怎么样？怎么有空给我打电话啊！”罗婷说：“你不给我打，还不许我给你打啊？”停顿了一会儿，她接着说，“小语，坦白说，你现在和李瑞安关系怎么样了？”苏小语漫不经心地说：“我们俩挺好的呀！唯一遗憾的就是我们离得太远了，有几个月没见面了。对了，你怎么突然想起问这个问题？”罗婷说：“我们是好朋友，我也不和你拐弯抹角了。你啊，我当初是怎么说你的，李瑞安身边是不会缺少女人的，怎么样，被我说中了吧！前几天，周雪去南方出差，在一家酒店，居然遇到李瑞安和一个美女在一起吃饭，关系看上去特别亲昵，女的还不时给李瑞安搛菜呢！周雪不敢把这事告诉你，可我想来想去，还是告诉你一声比较好。”罗婷一口气说了一大堆，苏小语沉思了片刻说：“罗婷，谢谢你。不过，这事瑞安告诉我了，是瑞安和单位同事出去办事正好在一起吃个便饭。”电话那头的罗婷好像舒了一口气说：“好吧，没事就好，不过你也不要太掉以轻心了。”挂掉了电话，苏小语的心里却很不是滋味。

有好几天，苏小语再也没有主动给李瑞安打过电话，有时候，李瑞安打过来电话，苏小语态度也是不冷不热的。李瑞安便问她：“是不是身体不舒服？”苏小语说：“不是。”李瑞安便急了：“到底什么事情你说嘛！”苏小语也急了，大吼着说：“你和美女在一起吃饭，是怎么回事？”李瑞安说：“我们那天就是出去办事，结果就顺便在外吃了个饭，我们之间什么事情也没有，你要相信我。”后来，李瑞安好说歹说，才安抚好苏小语的情绪。

四

本来，他们在分别之前就早已规划好了未来。等苏小语的母亲病好了，她就到南方来，找一份闲适的工作，顺便照顾他们的小家。如果苏小语的母亲依然没有起色，李瑞安就到北方来，工作之余，照顾他们一家的饮食起居。然后，他们在依山傍水的北方，相伴到老。

可是，半年过去了，苏小语母亲的病并没有起色，而李瑞安在南方的工作却上了一个新台阶，他被升为了公司的部门经理，工作也日渐忙碌起来。这样的反差无形中给苏小语的心里带来了极大的不安，李瑞安还会像以前一样爱自己吗？他会不会变心？有时苏小语给他打电话，他没接，苏小语便会胡思乱想起来：他在干吗？和谁在一起？久而久之，她开始有点神经质。有时候她给李瑞安打电话，听到有女孩的声音，她就会问她是谁，然后两人大吵大闹。每当这时，他总会好脾气地说："亲爱的，别闹了好吗？你知道，我是爱你的。"

眼看苏小语就要过生日了，可这个生日还是自己孤孤单单一个人，想到即将到来的生日，她竟然无端地大哭了几场。

生日那天，一大早，她就接到了李瑞安的电话，李瑞安说："小语，生日快乐！"苏小语没好气地说："你又不在身边，我怎么能快乐？"李瑞安说："那你许个生日愿望如何？"苏小语说："我的生日愿望就是能看到你，可你能来吗？"李瑞安故弄玄虚地说："嗒嗒！小语，你到窗口看一下。"苏小语握着手机来到窗口，一眼就看到了李瑞安，她兴奋地大叫了一声，扔掉手机就飞奔了出去，一下子就扑进了李瑞安的怀里。

正值初春时节，吹拂过绿叶的风，变得格外温柔，太阳也变得暖洋洋的。苏小语和李瑞安一起牵手走过大街小巷，走过小桥流水，走过紫薇花旁，一直走到了天色渐暗，李瑞安说："小语，等着我，我一定会回来陪你的。"

苏小语被李瑞安的话打动了，她开心地笑着，居然笑出了眼泪，因为她知道李瑞安没有变，他还是原来的他。

五

其实苏小语完全可以对李瑞安说：“请你留下来。”可是她没有这么做，因为南方也有他割舍不掉的东西，比如工作，比如他的父母。

李瑞安走后，苏小语重新审视了他们两人目前的处境。她不知道自己和李瑞安的未来将何去何从，就算李瑞安现在还爱着她，可摆在他们面前最大的敌人就是距离，彼此都有割舍不了的东西。

然而，再一次让苏小语心绪波动的是，李瑞安也不知吃错了什么药，居然在朋友圈晒了一张他们公司员工一起外出旅游的照片，这张照片里几乎全是一个赛一个妖艳的女子，李瑞安被美女们包围在中间，就像是被鲜花簇拥着的王子。苏小语一个电话就打了过去：“李瑞安，你前呼后拥给谁看？你想告诉我你身边不缺女人是吗？”李瑞安一下子就蒙了，急忙说：“小语，不是你说的那样，是我们公司今日组织出游，大家都在发朋友圈……”李瑞安还想说什么，却被苏小语挂掉了电话，然后就是任性地关机。

可是，冷静下来，苏小语觉得自己可能有点小题大做了，便想着给李瑞安道歉，却又不好马上打电话过去。于是，她安排好了照顾母亲的事宜，第二天就飞往了南方，她想给李瑞安一个惊喜，她要和他和好如初。

苏小语出现在李瑞安的办公室外，看到门虚掩着，里面却传出来一个娇滴滴的声音：“李总，这项工作交给我来做吧，你别太累了，好吗？”李瑞安说：“好的，那你来做吧，你也别太辛苦了。”语气听着是那样暧昧。门外的苏小语再也掩饰不住内心的气愤，她一把就推开了办公室的门，然后眼睛死死地盯视着他们。那个漂亮女孩一看形势不好，便知趣地离开了办公室。等她走后，苏小语歇斯底里地大声喊道：“李瑞安，你去死吧。”

李瑞安有点搞不清状况，说："小语，你到底这是怎么了？"

苏小语头也不回地拉着行李箱直奔机场，李瑞安在后面一直苦苦地追。李瑞安终于拽住了苏小语的胳膊，说："小语，快跟我回去。"这时，苏小语却异常平静地对李瑞安说："我们分手吧！"李瑞安先是一愣，然后，他痛苦万分地说了一个字："好。"

六

两年后，母亲的病逐渐好了起来，可二十八岁的苏小语却依然单身。同事也给她介绍过两个男生，怎奈，小语心里却再也装不下任何人。

那天，苏小语在街上偶遇在李瑞安办公室里见到的那个漂亮女孩，漂亮女孩说："你怎么在这里？你不该和李瑞安在一起吗？"苏小语苦笑了一下说："我们分手了。倒是你，怎么会在这里？"漂亮女孩说："唉！说起来话长。想当初，我费尽心机想和李瑞安在一起，可人家刀枪不入，只爱你一个人。爱情无望后，我父母正好在北方老家帮我找了一份工作，于是就回来了。不过，我前些日子和南方的朋友聊天，听说李瑞安还没有结婚，人家爱的人，只有你。我还以为你们一直在一起呢！"

漂亮女孩的一番话，让苏小语的心又疼痛，又惊喜。疼痛的是，自己那时候太任性了，白白辜负了李瑞安对自己的爱；惊喜的是，原来李瑞安和自己一样依然单身。

回到家里，苏小语的心再也淡定不下来了，便决定立刻到南方去找李瑞安。她从网上订好了机票，打点行装后，说走就走。

第二天上午的时候，苏小语来到了南方的城市。出了机场，苏小语抬头看到湛蓝的天空飘着像棉花一样的白云，她的心情一下子愉悦起来。

站在人来人往的机场门口，苏小语给李瑞安打电话，用特别欢快的语气说："瑞安，我来找你了，在机场呢，你来接我好吗？"电话那头沉默了好久，才传来李瑞安压抑的声音："小语，对不起，我不能去接你，我马上就要结婚了。"说完，苏小语手里的手机掉在了地上，她整个身子瘫软在地上，带着哭腔大吼了一声："苏小语，你这个大傻瓜，你居然弄丢了最好的爱情。"

你若盛开，蝴蝶自来

一

丁雨彤绞尽脑汁，设计了好几种与李舒白相遇的方式。有在校园小径与李舒白偶遇的；有在图书馆里，猛一抬头与坐在对面的李舒白四目相对的；也有在下雨天，丁雨彤无处可躲，被迎面而来的李舒白怜香惜玉，大度地让她钻进他的雨伞的。

可是令丁雨彤懊恼的是，自己设置的剧情，一个都没有派上用场，还闹了一场笑话。

那天，刚下完雨，路有些滑。下课后，同学们如潮水般从教室往宿舍涌去。行至泥泞处时，丁雨彤一个不小心脚下打了滑，一下子单膝跪地滑出去一两米远，滑到了一个人的面前，待她惊魂未定抬起头时，却冷不防看到面前的李舒白，她吓得急忙捂住了脸。

这时，有好事的同学起哄说："丁雨彤，你是在向李舒白求婚吗？"说完，引起了周围同学一阵大笑。

李舒白看到滑在自己面前的丁雨彤，一手拎着她的胳膊把她拽了起来，嘴里还嘟囔着：“这位同学，以后走路要小心点。”然后对着起哄的同学说：“无聊。”便转身走开了。

同学们陆续散开了，留下傻傻的丁雨彤，站在原地不知所措。

二

其实，丁雨彤暗恋李舒白已经三年多了。

时间回到大一那一年，丁雨彤还是一个留一头短发，每天穿一身运动装，手里还时常拿着零食袋，整天就知道嘻嘻哈哈的没心没肺的傻姑娘。对于偶尔有一两个男生向她示好，她从来都是无动于衷，那时的丁雨彤就像一个没有开窍的少女一般。

直到李舒白的出现，她的世界仿佛“哗啦啦”打开了一扇窗。

丁雨彤和李舒白并不在一个系。那天，她去李舒白的系里找一个朋友，却碰到了一个穿着白衬衫、蓝色长裤的俊美男生。他的脸庞光洁白皙、棱角分明，透着恬淡；眼眸乌黑深邃，泛着迷人的光泽。顷刻间，这个男生一下子就惊艳到了丁雨彤。后来，丁雨彤打听到这个男生叫李舒白，是他们系里的学生会主席。

心动总是来得猝不及防，丁雨彤无可救药地爱上了李舒白。然而当她鼓足勇气准备向李舒白告白时，却发现李舒白已经有了女朋友。

接下来，她唯一能做的只不过是躲在角落里，仰望这个光芒万丈的男生。

三

世间万物总是瞬息万变。丁雨彤做梦也没有想到，李舒白和谈了三年的女朋友居然分手了。原因是，大学即将毕业，他的女朋友为了更好的前程，和一个能给她出国深造机会的男人一起出国了。

失恋后的李舒白颓废、难过，陷入了深深的悲伤之中。而此时的丁雨彤却暗自欢喜，因为她重新燃起对李舒白的爱意，也可以借此机会陪伴李舒白，为他疗伤了。因此，她不断地设想着与李舒白的偶遇，直到在李舒白的面前出了洋相。

可既然同学们帮她挑明了这个意思，干脆，一不做二不休，直接找李舒白表白好了。

于是，丁雨彤鼓足了百分之两百的勇气，找到了李舒白，大声说：“李舒白，我叫丁雨彤，我喜欢你。”李舒白被这莫名其妙的表白搞晕了，端详了一会儿面前的女生，说：“原来你就是那个滑倒的女生，难怪！”“难怪什么？”丁雨彤反问道。

李舒白没有回答丁雨彤的话，而是冷冷地说：“你喜欢谁关我什么事？丁雨彤，你听着，我不喜欢你。”

四

被李舒白拒绝后的丁雨彤，沮丧了一段时间后又恢复了活力。不然能怎样呢？谁让她那么喜欢他呢？喜欢一个人就努力去争取，喜欢一个人就要拼命对他好，这没错吧！

于是，她开始每天给李舒白送早点，在李舒白病了的时候帮他买药，在他困顿的时候去安慰他，但全被他拒绝了。

即使这样，丁雨彤仍然没有气馁，她又给李舒白送去了电影票，直到李舒白拉着一个姑娘的手来到丁雨彤的面前说："你看到了吧，我刚交的女朋友。所以，对不起，不要在我这里浪费时间了。"说这话时，丁雨彤在李舒白的眼神里，看到了不耐烦。

原来，自己的喜欢，对于李舒白来说，已经成了一种负担。所以，这一年就在他们即将大学毕业之际，他连同另一个姑娘，一起毁掉了丁雨彤所有的期待，也毁掉了她对爱情的信仰。

只是，这时候的丁雨彤还不明白，喜欢一个人，就应该努力让自己变得更好、更优秀，而不是傻傻地仰望他。

五

丁雨彤，这个大大咧咧的女孩，似乎第一次尝到了失恋的滋味。她伤心难过，整日以泪洗面，躺在宿舍里不吃不喝，对什么事情都不感兴趣，心痛到不能自已。

在丁雨彤的同学里，有一个很要好的朋友，看到她这副伤心难过的样子，忍不住说出了埋在心底的话。

她说："丁雨彤，你是个非常可爱的女生。只是喜欢这件事，是两个人的事情。你光对他好，并不能获得爱情，你要先让自己变得足够好，才能让两个人处在同一个频道，到那时，爱情才会不请自来。"同学的一席话，一下子点醒了梦中人。

是啊，这些年，她只顾着自己一厢情愿，喜欢他、暗恋他、仰望他，却从来没有想到，他需要的是一个和自己并肩同行的恋人。

想清楚了这些，大学毕业后，当李舒白选择去了上海，丁雨彤并没有紧随其后，而是应聘到了北京一家公司，从此，在李舒白的世界里消失。

六

北京，这个充满现代气息的城市，也是造就大批人才的地方。所以，丁雨彤决定在北京这个广阔的天地里大展拳脚。

她刚到北京时，做广告销售工作，有时每天要跑很多的地方，但她从来不叫一声苦，不喊一声累，工作上总是勤勤恳恳、任劳任怨。她的这种工作态度很快得到了上司的肯定，不久她就调到了管理部门。与以往一样，她每天早出晚归，认认真真，把工作安排得井然有序，得到了周围人的一致赏识。

三年后，丁雨彤慢慢成长为职场女精英，她专业、冷静、理智、成熟干练，气质优雅、落落大方，却又不失知性美。展现在丁雨彤面前的，是一个美好、明亮的未来。

五年后，在职场中早已能独当一面的她，被总公司派往上海做了部门经理。上海，是她梦寐以求的地方，她能与李舒白不期而遇吗？

这几年，她一直在打听着李舒白的消息。她知道当年李舒白为了打消她的念头，领到她面前的姑娘，并不是她的女朋友，而是他的表妹。她也知道李舒白在上海曾先后谈过两个女朋友，但最后都是无疾而终。可她不知道自己和李舒白还有没有未来。

七

上海，这个繁华的大都市，因为有李舒白的存在而让她心心念念。如今，她终于踏上了这片土地。

走在上海的大街上，透过橱窗的大玻璃，连丁雨彤自己都不敢相信，那个留着一头漆黑长发，衣着得体、自信满满的精致女孩，会是她自己。

不过，以她现在的行事风格，她明白自己是不会主动去找李舒白的。可是，在上海这个偌大的城市，她与李舒白将何去何从？看来，也只能交给缘分了。

接下来，繁忙的工作开始了，丁雨彤便抛开了个人那点情情爱爱，一门心思投入到了工作当中。

那天，有个合同签订会需要丁雨彤列席。这些年，不管任何会谈，她都养成了早到两分钟的习惯。所以，她提前来到了会谈场地。

她正埋头翻看合同时，突然，旁边有个熟悉的声音传了过来："丁雨彤，是你吗？"她循着声音抬起头来，看到了那个常常梦里光临的李舒白。他就那样定定地愣在那里，满脸的意外和不确定。

多年来的历练，让丁雨彤足够自信，宠辱不惊，即便是遇到了那么喜欢的他，她也能够得体地对他报以微笑："是我。你好，李舒白。"

八

合同谈得异常顺利。会谈后，李舒白主动邀约了丁雨彤，他说："我一直在上海，你怎么会来上海？"丁雨彤注意到李舒白的眼神里，除了疑问，还有不易察觉的惊喜。

好在，现在的丁雨彤终于脱胎换骨，能气定神闲地和李舒白保持在同一个频道。只是，她不想告诉他，她其实一直都知道他在上海。所以她只是轻描淡写地告诉他，她是受公司的派遣，才来到了上海。

就这样，两个人在一起似乎有说不完的话题。说到后来，李舒白突然说："当年对你的态度很不好，对不起。"丁雨彤没想到李舒白会道歉，有点受宠若惊地说："该说对不起的人是我，当年给你带去了那么多困扰。"说完，两个人沉默起来。

不知过了多久，李舒白像鼓足了勇气似的说："丁雨彤，你曾经说过的话还作数吗？"丁雨彤下意识地问道："什么话？"说完，脸却兀自红了。李舒白突然变得神情坚毅起来，说："丁雨彤，你愿意做我的女朋友吗？"此时的丁雨彤也不想再矜持下去了，迎着李舒白的目光坚定地说："我愿意。"

半年后，丁雨彤嫁给了李舒白。而他们的爱情也印证了那句话：你若盛开，蝴蝶自来。

傻瓜，你不觉得我也很爱你吗

一

莫莉胃疼了一天，下班后，她去了一趟医院，挂号、就诊、拍片，一直到取片后再回到医务室。

正在医生反复查看片子的时候，莫莉忽然意识到了什么，她不等医生告诉她结果，便悄悄地离开了医务室。

从医院出来，她没有回家，而是一个人来到了一片小树林里，她需要静下心来好好地想一想。她胃疼其实不是一天两天了，这一个多月以来，她总是时不时地感觉胃部极不舒服，直到今天疼痛难忍。但她从不敢往那方面想，就像今天，她不敢从医生口中听到那个结果一样。可是，在内心深处，她却又为自己下了一个判断：自己终究还是难逃一劫。

可就算自己患上了那个病又如何？她早已做好了准备。可她深深愧疚的是，这件事她不知道该怎样向钟睿坦白。虽然他们曾经很相爱，但经过七年之痒后，他们的感情似乎已趋于平淡。莫莉拿不准钟睿知道了这件事会有什么样的反应。是责难怨恨，还是坦然接受?

二

莫莉十八岁那年，父亲突然患上了癌症，是胃癌晚期，一个幸福的家庭瞬间蒙上了阴影。

有一次，莫莉去医院探望父亲，却在门口听到这样一段对话。父亲幽幽地对母亲说:“对不起，我不该娶你。更对不起莉莉，我们不该生下莉莉。”母亲啜泣着说:“快别说这些了，莉莉会没事的。”父亲说:“我要说。爷爷就是患这个罕见的弥漫性胃癌去世的，父亲亦是，本来我是抱着侥幸的心理，可没想到，这该死的家族病，还是找到了我的头上。我是真的担心有一天莉莉也会和我一样啊。”母亲再次啜泣着说:“她不会有事的。”

就是在那一次，莫莉知道了自己可能会患有家族病。如果说父亲的病让她难以接受，那这件事对她来说更是致命的打击。她开始变得沉默寡言，每天在小城里独来独往，形单影只，不融入别人的世界，亦不想探知他人的悲哀，就像一个在暗夜里行走的孤独者。

直到进入大学后她遇到了钟睿，这个人从此点亮了她的生活。

三

认识钟睿的时候，莫莉十九岁，正是女孩子一生中最美好的年龄。

那天，莫莉下课后路过学校的一个篮球场。球场内一群青春洋溢的男生正在挥汗拼搏，球场外围着一群灿若鲜花的女生在呐喊助威。

莫莉只是随意瞥了一眼球场，便将视线移开了。突然，那只篮球不偏不倚地砸进了莫莉的怀里，然后又弹跳到地上。

这时，从球场内走来一个阳光帅气的男孩子，他身材颀长，穿着白衬衫，好似从时尚杂志上走下来的。

只见男孩来到莫莉面前，有点歉疚地说："对不起啊，刚才是不是砸到你了？"莫莉的脸一下子就红了，急忙低下头说："没有。"说完就准备转身离开。

钟睿向前一步拦住她说："我叫钟睿，请把你的手机拿出来。"莫莉不知道他想干什么，但她还是乖乖地拿出了手机。钟睿从莫莉手里接过手机，随即拨通了一个号码，然后说："刚拨出去的，是我的手机号码，随后我联系你，如果你身体被砸坏了哪里，我一定负责。"说完，便笑着转身离开了。

莫莉被钟睿好看的笑容一下子就击中了，少女的心墙裂开了一条缝，仿佛有阳光照进来。

四

两天后，钟睿联系了莫莉。以道歉的名义约莫莉在学校的花园里见面。其实钟睿道歉完全多此一举，他不知道的是，这两天对于莫莉来说如同等待了漫长的一个世纪，莫莉不知道已拿出手机看了多少次。

正是花开的季节，满园的花儿开得绚丽缤纷、清香四溢。钟睿和莫莉并排走在花径上，闻着花香，看着花开。钟睿首先打破了沉默，他有意无意地问莫莉："你看这园子里的花朵像不像一张张笑脸？"

莫莉说："像！"

钟睿接着说："其实，我注意你很久了，那个球也是我故意扔进你怀里的。可我就是想知道，为什么你的脸上总是愁云密布，没一点笑容呢？"

莫莉说："有什么好笑的呢？"

钟睿说："可是，你长得那么好看，不笑岂不是浪费了。"一句话，惹得莫莉笑出了声来。

从此，两颗年轻的心就这样彼此靠近了。

五

钟睿比莫莉高一级，所以，钟睿毕业那年，莫莉哭得稀里哗啦。钟睿说："傻丫头，哭什么呢？我们又不是生死离别。我在外面等你，等你大学毕业后，我们就立刻结婚。"

莫莉大学毕业准备嫁给钟睿的时候，也是她内心最煎熬的时候。因为她每次决定要把内心的秘密告诉钟睿时，就会感到无比恐惧。其实她就曾目睹过这样一件事情。

一对非常相爱的年轻人，婚后，出于信任，妻子将自己有小脑萎缩的家族病史告诉了丈夫。没想到，昔日恩爱的丈夫勃然大怒，斥责她婚前隐瞒病史。然后，丈夫离开了她，两人闹到了离婚的地步。

是的，莫莉承认自己很自私，她甚至觉得自己有些不道德，但她实在太爱钟睿了，她不想失去他。她能想象得到，如果一旦失去他，她将会怎样再次湮灭在黑暗里。所以，她不敢也没有信心拿这件事去考验钟睿，因为她输不起。

结婚后，她也不是没有愧疚过，但柴米油盐的生活，让她逐渐淡忘了这一切。可老天爷却偏偏不放过她。

六

莫莉拖着疲惫的身体回到家的时候，钟睿已经做好了晚饭。

一进门，钟睿就问她："你看都几点了，怎么才回来？手机也关机，电话也打不通，你干吗去了？"莫莉没有回答钟睿的问话，而是答非所问地说："钟睿，如果有一天我病了，而且得了绝症，你会怎么办？"钟睿伸手摸摸她的额头说："你今天怎么了？发烧了吗？怎么说胡话？"莫莉一把拨开了钟睿的手说："我说假如我要是病了呢？"钟睿说："那就住院治疗呗！人吃五谷杂粮，谁能不生病呢！"莫莉说："我是说假如得了那种病。"钟睿显然有点生气，说："好端端的，你哪来那么多假如，快坐下吃饭吧！"

莫莉坐到餐桌前，感觉胃疼得更加厉害了。钟睿的态度和回答，让她更加确信，他一旦知道了自己隐瞒这件事，换回的一定是他对她的恼怒和指责。

莫莉想好了，毕竟自己隐瞒在先，如果钟睿选择离开，她绝对毫无怨言。

七

一顿饭下来，莫莉勉强只吃了几口，钟睿问莫莉："你怎么了？吃那么少？"莫莉说："没事，就是胃有点不舒服。"钟睿说："病了？"莫莉说："小毛病。""走，看医生去。"钟睿不由分说要拉着她去医院。莫莉急忙说："我已经看过医生了。"钟睿问："那医生怎么说？"莫莉回答说："我没等到结果就跑回来了。"

钟睿有点疑惑地看着莫莉，说："你没拿结果就跑回来了？"莫莉鼓起勇气说:“钟睿,你听我说,其实有件事我隐瞒了你……我有家族病。”停顿了一会儿,莫莉接着说:“本来我也是心存侥幸,谁知道老天爷这么快就找到了我。我知道你会生气会恼怒,可是那时候,我实在太爱你了,我怕说了这件事你会因此而离开我。现在你知道了,你如果想骂我,就骂吧!这件事从头到尾都是我的错,是我太自私了。”

钟睿听完莫莉的叙述,淡淡地说:“可是,你有家族病的事,我早就知道啊!”这次轮到莫莉惊讶了,问:“你知道?”钟睿说:“对,我知道,我们结婚前你妈妈就告诉了我这件事。”

八

钟睿告诉莫莉,那年,她妈妈打电话找到他,说莫莉的爷爷、爸爸和她的叔叔都是得胃癌去世的。爸爸得病以后,莫莉便一直郁郁寡欢。直到遇到他,莫莉才又变回以前快乐的样子。她是因为太爱他,所以才不敢把实情告诉他。

钟睿告诉莫莉说:“你妈妈让我冷静选择,问我假如有一天你真的病倒,能否承受这样的结果。我几乎没有多加考虑就告诉你妈妈,我决定娶你。”

莫莉早已泪流满面,她说:“你这个傻子,你就不怕我半途把你扔下,让你独自承受这一切?”钟睿说:“傻瓜,难道你不觉得我也很爱你吗?因为爱你,我只想跟你在一起,哪会顾及那么多啊!”莫莉一下子哭着扑进了钟睿的怀里,说:“钟睿,谢谢你!”钟睿疼爱地对她说:“好了,不哭了,我们明天一早就到医院去问结果,不管多大的问题我们一起去面对。”

九

来到医院里，莫莉一直浑身发抖，钟睿便用手紧紧握着莫莉的手说：“别怕，有我呢！”于是，他们手挽着手一起找到了昨天那个看片的大夫。

大夫一看到她便说：“昨天还没告诉你结果，你怎么突然就走了？”莫莉红着脸说：“大夫，昨天我还没有做好准备，今天你尽管告诉我们结果好了。”大夫有点不解地笑笑说：“一个普通的检查，还需要做好准备？”一旁的钟睿问：“大夫，你的意思是？”大夫郑重地说：“从片子上看，有点胃炎的症状，我已经给你开好了药方，按时吃药几天就会好起来的。另外这几天注意饮食，少吃油腻、辛辣的食物就可以了。”

莫莉有点不相信似的说：“你确定不是胃癌？”大夫说：“你们这些年轻人，好端端的怎么总爱疑神疑鬼呢？我可以确定地告诉你，从目前的结果来看，你就是有点炎症，回去好好吃药，注意饮食，还有不舒服的情况再来。”

听完大夫的话，莫莉喜极而泣。

陶小桃的合租男友

一

陶小桃看到那条合租信息后，急忙拿出手机打过去，却没想到接电话的是一名男子。陶小桃本来想拒绝的，毕竟和一名男子合租房子有诸多不便，怎奈自从应聘到这家公司开始，陶小桃已经在办公室睡了十多天了。

就在今天早晨，陶小桃正在将被褥往柜子里塞时，经理提前来到了公司。经理皱着眉头问：“找出租房很难吗？”陶小桃急忙回答说：“不难，已经找好了，这两天就准备搬走。”

其实，这些天陶小桃一直也没闲着，她先后找了好几处出租房家，不是离公司太远，就是租金高得离谱。而这处合租房，租金不仅合理，最主要的是离单位近，大约坐十分钟地铁就能到达公司。陶小桃权衡利弊，还是准备先去看看再决定。

二

陶小桃按照合租人余姚提供的地址，来到租住的小区。等她走进小区，就被小区里的景色吸引住了。每幢楼房的四周，都是铺满鹅卵石的小道，小道的两旁是葳蕤茂盛的花草树木。陶小桃迈着轻快的步子走在小区里，感觉就像来到了公园一样，有一种“人在画中游”的韵味。

陶小桃很快就找到了余姚所在的单元楼，按照事先的约定，余姚已在楼下等着她。看到陶小桃，余姚主动打招呼道：“你好！我是余姚，请问，你是陶小桃吧？”陶小桃回答说：“对，我就是陶小桃。”余姚说：“好呀！那跟我一起到楼上看看吧！”跟在余姚的身后，陶小桃发现自己居然有点脸红心跳。

也难怪，见到余姚的第一眼起，陶小桃对他就有了一种说不出的好感。余姚不仅长得又高又帅，而且看上去温文尔雅、彬彬有礼，这不就是自己心目中的白马王子吗？想到这，陶小桃不由得笑出了声，余姚回头问：“你笑什么？”陶小桃这才发现自己有点失态，急忙回答说：“没什么，我突然想起了一个笑话。”余姚应了一声，便不再吱声。

三

两个人进入电梯，不知不觉就来到了余姚所在的十六楼。余姚正准备拿钥匙开门，门却兀自开了，门缝里露出一个虎头虎脑的小男孩，非常乖巧可爱。小男孩歪着头问：“爸爸，这就是那位租房的姐姐吗？”天呐，自己心目中的白马王子，原来儿子都这么大了，而就在刚才，自己竟然还在心里对余姚犯花痴，看来自己也有闹乌龙的时候。

这时，门外的余姚回答小男孩："是的，她就是你心心念念的姐姐。"不明就里的陶小桃问余姚："什么心心念念的姐姐？"余姚苦笑着说："是这样的，我儿子在幼儿园，说小朋友都有哥哥姐姐，非要哭着喊着让我给他变出一个哥哥姐姐不成。无奈，我只好登招租广告，希望能招个哥哥或者姐姐，没想到你这么快就来应租了。"陶小桃大呼："哈！原来你招租是招一个保姆来照顾你儿子？"门里的小男孩急忙接过话说："姐姐，我的名字叫小强，我不用你照顾的。我是男子汉，以后就由我来照顾你，好吗？"冲这个超级可爱的"小男人"，陶小桃几乎立刻就在心里做了租房的决定。

陶小桃走进屋子，仔细打量小强，看到这个大约五六岁的小男孩，长得和余姚还真有几分神似。从她进屋起，身边这个"小男人"的话就没有停止过，"姐姐，这间是我的卧室，那间是爸爸的卧室，你睡这间和我相邻的卧室。放心吧，我一定会保护你的。"

四

陶小桃每天早晨七点钟出发，在小区门口吃完早点后坐公交车到单位。晚上下班后，她有时候在外面吃，有时候带一桶方便面回来用热水泡着吃。而余姚和陶小桃的日常作息时间差不多。小强一日几餐都是在幼儿园吃，到了晚上在家再吃点小点心就可以了。

不得不说陶小桃有着极高的警惕性，自从来到这个家，每天晚上睡觉的时候，她总是不忘把门反锁上；有时候半夜睡醒，会突然想起门有没有反锁，然后再下地检查一遍。

实际上，余姚不仅晚上没有敲过陶小桃的门，就连白天也从没有踏进过陶小桃的卧室半步。有时候，早晚间他们在客厅遇见，两个人就会点点头，或者微笑一下。倒是小强每天从幼儿园回来，就会跑到她的房间，姐姐长姐姐短地给她讲幼儿园里的事情。

一次，小强哭着来找陶小桃："爸爸责备我了，说我不该天天到姐姐这里来，打扰姐姐。姐姐，你会烦小强吗？"陶小桃说："姐姐爱你还来及呢，怎么会烦你呢！"小强便破涕为笑了。突然，小强又庄重起来，说："姐姐，你有喜欢的人吗？"陶小桃摇头说："没有。"小强立刻兴高采烈起来："那真是太好了，姐姐，你可以喜欢我爸爸吗？"陶小桃有点哭笑不得，不置可否。小强便接着说："姐姐，我妈妈在我很小的时候就去世了，我很想和幼儿园的小朋友一样，也有妈妈。"说着，小强便红了眼睛。

难怪一直没有见到这家的女主人，原来余姚没有妻子，小强没有妈妈，陶小桃不由得对这对父子生出一份说不出来的感觉。

五

那天，陶小桃一早来到公司，就和另外一个同事被一起叫到了经理办公室。经理说："你们赶紧去准备一下这些资料，一会儿跟我去签个合同。"

他们先一步来到了约谈地点。等对方出现时，有那么一刻，陶小桃有点恍惚，怎么走在前面的那个人她觉得那么熟悉。他穿着一身笔挺的西装，浓密修长的双眉或浓或淡地隐藏于额前的碎发之下，明亮的眼睛里流露出一股逼人的英气，走路的姿势一样很令人着迷。不错，他就是余姚。

落座后，对方同行的同事开始介绍："你们好，这是我们公司的余总，下面请我们余总先介绍一下合约事项。"

余姚神色威严，他说的每句话都条理清晰、逻辑严明，如果说先前陶小桃对他有好感的话，那么现在的余姚简直让陶小桃从心里对他刮目相看。陶小桃真的没想到，这个房东，不仅年轻帅气，居然还叱咤商场。

最终，在友好的气氛中双方成功签约。为了今后的合作，双方一致提议到饭店一起欢庆。席间，酒过三巡，菜过五味，有人来到陶小桃面前敬酒。陶小桃哪里会喝酒，正在为难之时，只见余姚起身一把从陶小桃的手中夺过酒杯，说："为难谁，也别为难姑娘家。"说着，便一口气将酒喝了下去，这让陶小桃顿时心生感动。

六

自从上次谈判桌上和余姚相遇后，他们在客厅再相见时，仍然是点头、微笑，谁也没有提起过工作上的事情。但陶小桃的日常生活却发生了潜移默化的变化。

每天傍晚下班后，陶小桃不再逗留在外面，而是早早地下班回家，除了帮余姚和小强收拾一下屋子、洗洗衣服外，她还会熬上一锅香喷喷的米粥。

父子两人也很给面子，即使他们在外吃过了晚饭，回来时，两个人也要再喝一碗粥。后来，余姚在外的应酬也渐渐少了。

三个人围在一张桌子上吃饭，这是他们一天中最快乐的时光。饭桌上，小强总是喋喋不休地说些令他们开心的话。那次，小强问余姚："老爸，你知道什么是家吗？"余姚笑着问："你说说什么是家。"小强一本正经地说："三个人在一起吃饭，这就是家。"孩子的话惹得余姚和陶小桃在一旁笑个不停。

七

有一天晚上，陶小桃正在熟睡，突然听到隔壁房间小强的哭声，急忙穿衣起床来到小强的房间，看到余姚正在那不知所措呢！原来小强肚子疼，陶小桃说："余姚，还愣着干吗，赶紧送小强去医院啊！"

来到医院急诊科，还好，没有什么大碍，只是小强吃坏了肚子。一旁的医生说："记住，你们这些做爸妈的，不要给孩子乱吃东西。"陶小桃的脸"腾"地一下就红了，倒是躺在床上的小强急忙解释道："不怪他们，是我太贪嘴了。"

那晚，回到家里，小强对守在床边的陶小桃说："姐姐，连医生都说你是妈妈，你就做我的妈妈好不好？"转过脸，他又对余姚说："老爸，我知道你也喜欢姐姐，那晚我在你房里睡，半夜听到你喊姐姐的名字呢。"陶小桃用手掖了一下小强的被角，说："乖，早点睡吧，天都快亮了。"说完，意味深长地瞥了一眼旁边的余姚，转身离开了小强的房间。

余姚急忙尾随其后，说:"小桃，如果你不介意，我愿意做你的男朋友。"陶小桃转身皱着眉头说："什么？你还觉得委屈？你都结过一次婚了好不好。"余姚立刻瞪大眼睛说："谁说我结过婚了？"陶小桃说："你没结过婚，难道小强是你充话费送的？"余姚一下子神色凝重起来，说："他是我哥的孩子。我的父母去世早，一直是我哥供我上学，后来，哥哥和嫂子有了自己的公司,也有了小强,可是,那天哥哥和嫂子开车出去却再也没有回来。"陶小桃急忙用手帕为余姚轻轻擦去眼角的泪，然后跌入余姚的怀抱。

兜兜转转还是你

一

当初，姜梦涵的理想是嫁个有钱人，就算没有那么多钱，至少也该有房有车吧。所以，黄子越追她时，被她伤害得体无完肤。

那时候的黄子越，刚刚大学毕业，应聘到姜梦涵所在的公司工作。第一次见姜梦涵，黄子越便对她一见钟情，之后便时不时地对她献殷勤。

有一次，姜梦涵发朋友圈说，突然很想吃烤串。结果，不出半个小时，她接到了黄子越的电话，黄子越说："丫头，出来吧，烤串给你买来了！"让姜梦涵惊讶至极。

姜梦涵下楼，看着拎着烤串的黄子越，问他："你怎么知道我家？"黄子越说："因为我喜欢你啊！喜欢你便知道你的一切，比如我知道你喜欢追剧，喜欢逛街，喜欢吃火锅，喜欢看悬疑类电影。"说着，他突然走近她，帮她将凌乱的头发往后捋了捋，动作娴熟自然，像极了恋人。

黄子越刚刚步入社会，一切都是从零开始，要房没房，要车没车，有的只是一张俊朗的面孔。姜梦涵偏偏对他不感冒，用她的话说，男人过于帅气会令女人没有安全感，尤其黄子越还比姜梦涵小两岁，这让她更无法接受，于是，她对他说："等你长大了，有房有车了，再来找我不迟。"

在姜梦涵的心里，她更喜欢成熟稳重的男子，能给她兄长般的关爱与宽容。闺密给她介绍了赵凯，赵凯的条件正好符合姜梦涵的要求：敦厚老实，有房有车，年龄也相当。于是，姜梦涵选择了赵凯。

二

姜梦涵和赵凯结婚那天，黄子越带着深深的失落，跳槽到了另一家公司。他捎话给姜梦涵说："等着吧，我会证明给你看，总有一天你会后悔的。"

姜梦涵嫁给了赵凯，最初的日子他们还相安无事，但是姜梦涵渐渐地发现，赵凯有说谎和半夜不归的毛病。每次，赵凯回来晚了，姜梦涵问他干什么去了，赵凯就说自己在公司加班，要么就说和朋友一起喝酒打牌。起初，姜梦涵并没有放在心上，她不想把男人管束得太紧，毕竟他也要有自己的空间。

可是，有一次赵凯半夜才回来，姜梦涵便询问他去了哪里？赵凯说他和同事一起去了KTV，结果第二天好巧不巧，姜梦涵正好碰到他的同事，就随口问起他们去KTV的事情。结果，黄子越的同事一副什么都不知道的模样。这让姜梦涵很生气，回去便质问赵凯。赵凯却理直气壮地说："不就是回来晚点吗？有必要去查证吗？"为此，姜梦涵和他大吵了一架。

可是，没过多长时间，赵凯就实打实地东窗事发了，他们因此而离了婚。

原因像所有电视剧剧本一样，姜梦涵出差，因为事情办得顺利，提前两天回了家，而她并没有告知赵凯。当她走进家门时，却看到门口摆放着两双鞋子，一双赵凯的，另一双是女人的鞋子。而此时赵凯和一个女人正在床上颠鸾倒凤，姜梦涵发了飙，给了赵凯几个耳光，大闹了一场后，他们选择了离婚。

三

走出“围城”的她，伤透了心。她痛苦、绝望，每天默默地做事，默默地睡去，默默地醒来。

姜梦涵的萎靡不振，其实黄子越都看在了眼里。在同一个城市，黄子越对姜梦涵的一举一动都了如指掌。

所以，在姜梦涵最失意的时候，黄子越来到了姜梦涵身边。他怜惜地看着姜梦涵，半天才说：“没想到，你这么憔悴。”这时的姜梦涵，尚没有从那段痛苦的婚姻中走出来，身上就像长满刺的刺猬一样，对黄子越说：“是的，我现在很狼狈，你是成心来看我笑话的吧？看我选的‘好男人’背叛了我，看我有眼无珠，看我咎由自取，你不是让我等着吗？你等到了这一天。我现在过得惨不忍睹，这下你满意了吧！”

黄子越看她痛苦的样子，急忙拦住她说：“梦涵，你听我说，不是这样的，我不是来看你笑话的，我是真心来关心你的，就让一切都过去吧！我想让你重新快乐起来。”姜梦涵一把推开了他，说：“算了吧！不要说得那么冠冕堂皇好不好？你分明就是来看我的笑话的。现在笑话你也看够了，你可以走了吧！以后再也不要来打搅我。”

黄子越说：“好，我走，我现在就走，只是你不要这么情绪激动好不好？没有过不去的火焰山，只有过不去的心墙。你必须调整心态，勇敢地走出困境，一切都会重新开始的。”稍微停顿了一下，黄子越接着说：“梦涵，如果以后你有什么事情，记得第一时间联系我，我会及时赶到的。”说完，黄子越扭头走了。

看着黄子越走出很远后，姜梦涵忍了很久的眼泪终于止不住流了下来。

四

一年后，离了婚的姜梦涵，终于从上一段婚姻的阴影中走了出来，她又变成了以前那个阳光明媚的姜梦涵。亲朋好友开始张罗着到处托人给她介绍对象。

这时候的姜梦涵才突然发现，自己的“身价”早已一落千丈，再也不是以前的“抢手货”了。几次相亲下来，姜梦涵几乎痛不欲生：简直一个不如一个。跟闺密说起此事，闺密都笑得直不起腰来。

第一个相亲对象，是朋友介绍的。朋友说，对方是“海归”，不如浪漫点，把见面地点定在公园，到时候，两人手里各拿一本杂志做接头暗号。

对于朋友的安排，姜梦涵有点想笑：这哪里是见面？简直是搞地下工作。但不管怎样，那天姜梦涵还是提前一分钟来到了见面地点。公园里鲜花盛开、绿树婆娑，想象着迎面走来温文尔雅的他，姜梦涵就禁不住开始有些浮想联翩。

突然，姜梦涵看到一个有点秃顶的男人手拿一本杂志缓缓向她走来。天啊！这不会就是自己要见的那个人吧？怎么看上去像快四十岁了呢？而姜梦涵不过才二十九岁。正在她心里叫苦不迭时，那个秃顶男人来到姜梦涵面前，问："你就是他们介绍的姜梦涵吧！"姜梦涵笑着说："是的。"

这时，秃顶男人开始仔细端详姜梦涵，然后说："嗯，介绍人说的果然不错，你很漂亮，也很阳光，我很满意。"姜梦涵在心里嘟囔：你满意，你问过我满意了吗？

于是，姜梦涵偷偷地用手机往外拨号码。不一会儿，她的手机铃声终于响起来了，姜梦涵急忙接听电话，第一句话就是："有急事啊！好，我马上过去。"回过头，她向秃顶男人扮了个鬼脸，冲他说："不好意思，有急事要先走了，拜拜！"说完，一溜烟地就跑了。

五

姜梦涵一直觉得，自己还算有几分姿色，就算是二婚，找个男朋友也应该是一件轻而易举的事情吧。那天，二姑打来电话，说帮她物色了一名篮球运动员。因为下午有一场篮球赛，索性把相亲地点定在了篮球场。

不记得那天风是怎么吹起的，姜梦涵远远地就看到风中那电线杆似的人。那人长得又高又瘦，感觉风一吹他就有点左右摇摆。走到他跟前，看到他的样子，姜梦涵突然忍不住笑起来。看到她笑，他的脸立刻就涨红了，说话也开始结结巴巴："姜……梦涵，你……你好！你吃……吃饭了吗？要……要不，我一会儿带……带你一起去吃饭吧！"

天啊！听他说话，简直是受罪。这还不算，最要命的是出于礼貌，在回答他的各种问题时，姜梦涵必须仰着脖子，才能看到他的脸。结果才谈了十分钟，姜梦涵的脖子就开始酸疼起来。她想，不行，这样下去非成"歪脖树"不可，必须尽快把他打发走。

好在老天都在帮她，这时，天空突然飘起了毛毛雨，姜梦涵急忙借天气不好为由，向对方建议改为下次再谈就匆匆地离开了。

谁知道事后，二姑找到姜梦涵，说对方又要约见面。原来对方误会了她的“笑”，以为姜梦涵对他有意思。姜梦涵大呼：“二姑，你饶了我吧！这个‘电线杆’闹得我现在脖子还疼呢，如果我真成了歪脖子树，这辈子恐怕真嫁不出去了。”

后来，姜梦涵又相了几次亲，她对一个有短暂婚史的男人比较感兴趣，人长得还算也说得过去，谈吐也比较文雅，便准备交往下去。

六

姜梦涵和那个有短暂婚史的男人约会了几次后，第一次跟随男人到家里吃饭。晚饭后，男人突然说：“今晚你别走了，就在这住下吧！我们都是结过婚的人了，应该懂得一个人的滋味不好受。”

姜梦涵一下子就蒙了，这叫什么？只不过见过几次面，八字还没一撇呢，就要发生关系吗？姜梦涵黑着脸说：“抱歉，你看错人了，我不是你想的那种人。”男人说：“都是过来人了，装什么清高啊！”姜梦涵气愤地说了一句：“臭流氓。”便拿起自己的东西，摔门走了。

来到大街上，姜梦涵心里很难受，她有种想哭的感觉，心中的苦更不知该向谁诉。这时，她突然想起了黄子越，于是便给他打了电话。

大约二十分钟后，黄子越赶到了姜梦涵身边，姜梦涵一下子就扑到黄子越的怀里哭得像个孩子。黄子越轻轻拍打着她的后背，说：“丫头，别哭，我会替你去教训那个男人的。”接着，他又说，“只要你愿意，今生今世我都会好好地守护你。”

原来，世间的事，谁也无法预料，你认为靠谱的，其实不见得就有安全感；你认为不靠谱的，反而人品和言行都经得起考验。

婚礼那天，姜梦涵对黄子越不无感慨地说："绕了一大圈，最后还是嫁给你。早知如此，何必大费周折，白走了一段冤枉路。"

第二辑
一场百转千回的相逢

红尘阡陌，总有一个人，虽历经百转千回，回眸依然是他的笑脸；总有一个名字，虽途径万千，永远是心中的唯一。此情依依，在这美好的时光里，放逐思绪，让心与爱同在。

一场百转千回的相逢

一

多年前，岳子琛跟随父亲到千里之外的一个古镇去出差。白天的时候，父亲去办事，他便独自一个人在幽深的巷子里游走。婉约的古镇，犹如一位温柔典雅的江南女子，深深地吸引着他。

依然记得那个午后，一阵微风带走了夏日的炎热，空气里流淌着一股温暖的气息，蔚蓝色的天空变得有些梦幻。透过日光，在一个小巷里，一位扎蝴蝶结的姑娘，坐在一张小板凳上，正在专注地读书。看到有人走过来，姑娘这才歪着脑袋，好奇而羞涩地打量着面前这个人。原来是一位白净而秀气的翩翩少年。

少年面带懵懂，微笑着对她说："嗨！小姑娘，你好。"姑娘"扑哧"笑出了声，回他道："你以为你是大叔吗？"少年用手摸了一下自己的脑袋，嘿嘿地笑了起来。随后，姑娘问少年："你找谁？"少年说："我谁也不找，随便走走。"姑娘指了指身后的一扇大门说："这里是我家，此路不通。"

少年尴尬地笑了一声，转身就准备往外走。走出去几步远后，少年不由自主地回头看了下姑娘，而此时的姑娘也正目不转睛地盯着他。姑娘名叫李婉婷。

一个平常的午后，因一次对视，少年和姑娘在青春的岁月里似乎做了一场朦胧的梦。那一年，岳子琛十五岁，李婉婷也十五岁。他和她，原本没有什么交集，只不过偶然相遇，恐怕以后也不可能再有什么交集。

二

然而，令人意想不到的是，多年后岳子琛和李婉婷戏剧性地相逢了。原来，李婉婷阴差阳错地来到了岳子琛所在的城市工作，只是他们一个在东，一个在西，每天上班下班，从不相遇。可那天，岳子琛临时加班到了第二天早晨。于是，早晨回家时，岳子琛和李婉婷坐上了同一辆公交车。

上车后岳子琛才发现，自己居然忘记了带钱包。正尴尬时，一个漂亮的女子主动为他垫付了车费。他很感动，便向女子索要电话号码，说日后好还她钱。女子说，真的不必了，不过两元而已。说话间，他们的目光便聚焦在一起，他们几乎同时认出了对方，并大声呼喊着："原来是你。"

面对美丽又心地善良的李婉婷，岳子琛不由得心生爱慕。李婉婷亦是如此，觉得岳子琛从当初的少年成长为温暖的成熟男人，她对他也极具好感。至于后面的故事，他们自然成了一对只羡鸳鸯不羡仙的情侣。

岳子琛对李婉婷那是极尽宠爱，李婉婷对岳子琛也是万般依恋，并且他们的爱情也得到了双方父母的肯定。正是适婚的年龄，两个人很快由相爱进展到订婚，一切仿佛都在情理之中。

三

他们的爱情美好得有点不可思议。有时候，李婉婷会觉得这一切来得太顺畅，简直不真实。岳子琛便轻轻拧一下她的脸说：“傻丫头，下个月就是我们结婚的日子了，不要再胡思乱想了。”

是啊！他们的婚礼定在了下个月的月末，还有什么可疑虑的呢！接下来便是采买婚庆用品。

对于一对情侣来说，婚礼是一生中最重要的事情，婚礼的每一个环节都容不得丝毫马虎。婚纱、礼服、生活用品等，每一个步骤都是两个人亲力亲为，他们想用自己的双手建立一座温馨的家园。

只是，有一次，李婉婷和岳子琛约好了一起去买钻戒，但到了说好的时间，岳子琛却没有来，这是以前没有发生过的。李婉婷急忙拨打他的手机，手机却关机了。李婉婷很是纳闷，一口气跑到岳子琛的家里，岳子琛却不在家，他的父母她的态度也突然变得非常冷漠。

四

等李婉婷找到了岳子琛时，嗔怪地问他:“约好的时间，你去了哪里？也不打电话告诉我一声，害我为你担心。”这时，岳子琛突然严肃地对她说：“婉婷，对不起，我发现自己有恐婚症，这个婚我不想结了。”李婉婷愣了一下，继而微笑着说：“子琛，你不要跟我开这种玩笑好不好？”岳子琛态度冷漠地说：“我不是开玩笑，我说的是真的。以后我们不要再来往了。”说完，他头也不回地就走了。

李婉婷彻底蒙了，她一时脑子转不过弯来，不知道发生了什么事情，为什么岳子琛会说这样莫名其妙的话？她再次跑到岳子琛的家里。岳子琛依然没有在家。她的父母说，尊重儿子的选择。李婉婷大声哭喊着：“婚姻是儿戏吗？想结婚就结，不想结就退婚？”子琛的父母说：“子琛这样做也是为你好，他不想欺骗你。”李婉婷气急了，说：“他不想欺骗我，可是，他已经欺骗了我的感情，伤害了我的自尊心。”岳子琛的父母无可奈何地说：“什么也别说了，你还是走吧！”

从岳子琛的家里出来，李婉婷实在想不通，昔日那么温暖的岳子琛怎么说变就变，他的父母也突然变得不讲情理，这到底是一个什么样的家庭啊！

带着痛苦，李婉婷不知不觉来到了一条小河边，对着河流号啕大哭，她想借此发泄自己所有的愤怒。

五

半年后，李婉婷终于从上一段感情里走了出来，从此开始了她的相亲之路。她已经记不清这是第几个相亲对象了。这次她的相亲对象是一名脑科医生，这名医生特别健谈，这也是李婉婷和他交往时间最长的原因。

一次，李婉婷去医生的办公室等他下班时，无意间发现了一份特殊的病人档案，患者姓名栏上面赫然写着“岳子琛”三个字。趁医生换下工作服的时间，李婉婷略读了这份病历档案。原来，他那个时候查出了脑瘤，原来他只是不想连累我。李婉婷这样想着，眼泪不争气地流了下来。李婉婷一路狂奔去找岳子琛。

在路上，李婉婷泪流满面，想起那段时间和岳子琛一起采买结婚礼品时，有几次岳子琛说头疼，李婉婷以为他这段时间操办结婚事宜有点累了，或者感冒了，便几次督促他回家吃药多休息。却怎么也不会想到他得了脑瘤。

六

她一路来到了医院。在住院部的走廊里，李婉婷先是碰到了岳子琛的父母。半年多没见他们，头发都变白了，人也明显老了。看到李婉婷，岳子琛的父母先是一惊，接着他的母亲眼泪啪嗒啪嗒地掉了下来。她拉住李婉婷的手说："孩子，对不起！你去看看子琛吧。"

李婉婷来到了病房，岳子琛看到她便扭过头去说："谁让你来的？"李婉婷没有回答他，却质问他："你准备隐瞒我到什么时候？"说着用双手轻轻地把岳子琛的头扭了过来，这时的他早已经泣不成声。李婉婷轻轻地为他擦去眼泪，问他："你爱我吗？"岳子琛点了点头，李婉婷接着说："你爱我，你怕拖累我，便把我一手推出去，你觉得我这样就会幸福了吗？难道你觉得我不够爱你吗？我就不能和你患难与共吗？"说完，两个人抱在一起哭成了泪人。

等两人平复了心情，李婉婷告诉岳子琛说："等你好些了，我们就先结婚，然后准备做手术。"岳子琛用不容反驳的口吻说："我可以答应你做手术，但必须在我康复后结婚。"李婉婷拗不过他，便说："那你就打起精神来，不要辜负我，一定要挺过这一关。"岳子琛深深地点了点头。

七

手术是由那名脑科医生执刀的，很成功。虽然中途出现了一次大的波折，好在岳子琛凭借着坚强的毅力挺了过来。

一年后，岳子琛恢复得不错，他们的婚姻又被提上了日程。在一个良辰吉日，李婉婷终于如愿嫁给了岳子琛。

结婚那天，婚礼现场好不热闹，亲朋好友欢聚一堂，大家纷纷为这对新人送上了祝福。

舞台上，照片放映在大屏幕上。那些大都是他们穿婚纱时的照片，为了烘托他们的成长历程，岳子琛还特意放了一些旧时的照片。其中有一张是岳子琛小时候的，照片的后面有一位乱入的“红衣女孩”。李婉婷看到这张照片时，感到很惊讶，总觉得这张照片里的红衣女孩特别熟悉。仔细观察之下才发现，原来这个红衣女孩不是别人，正是自己。李婉婷家里也有一张同样背景、同样衣服的照片。

原来，冥冥之中，他们早已相逢。原来，他们的爱情早已经注定。

有人曾说：“人的一生会遭遇无数次相逢，有些人，是你看过便忘了的风景；有些人，则会在你的心里生根发芽。那些无法诠释的感觉，都是没来由的缘分，缘深缘浅，早有分晓。”正如他们的爱情，从一开始就是一场百转千回的相逢。

势均力敌的爱情

一

刘雨昕是在赞美声中长大的。小时候的她长着一张好看的瓜子脸，有一双黑亮黑亮的大眼睛。每次出门，她的身后总能传来路人的赞叹：“瞧，这小姑娘长得真好看。”刘雨昕上小学的时候便有小男生哭着喊着要和她做同桌，有些小男生有好吃的东西总是偷偷塞给她。

长大后的刘雨昕更是身形婀娜，肤色白皙，说不尽的娇美可人。无论走到哪里，她的身上都仿佛带着特别的磁场，总能瞬间吸引众人的目光。

好看的姑娘自然是众星捧月。毫无疑问，追她的男生多到数不过来，但在众多追求者当中，她看上眼的人却不多。比如高她一届的那个潇洒倜傥的长头发男生，体育课上那个健步如飞的高个子同学，邻家那个有点像某个明星的冷面男孩，而这些男生的共同特点总结起来无非就是一个“帅”字。可她总觉得他们身上缺少点什么。是什么呢？她说不清，反正在众多追求她的男孩中，没有哪个男孩能真正走进她的内心。

遇到夏子涵，刘雨昕的世界仿佛打开了一扇窗。是的，她喜欢上了他，喜欢的不是他的外表，而是他丰富的学识和内涵。

二

大三的时候，邻校举办了一次演讲会，学校抽调了一部分学生去旁听。就在那次演讲中，夏子涵的演讲论点新颖、内容翔实。他站在演讲台上的那一刻像一道光，一下子就将刘雨昕的心点亮。

其实夏子涵长得并不算太帅，但刘雨昕还是无可救药地喜欢上了他。于是，在一次刘雨昕精心设计的"偶遇"里，当她一个趔趄快要摔倒时，夏子涵从后面抱住她。之后，一来二去，爱情就这样自然而然地发生了。

直到后来，刘雨昕才知道夏子涵是理工系的高材生。他参加那次演讲只不过是想挑战一下自己而已，这令刘雨昕感叹道：一个人怎么可以这样博学多才。

因此，刘雨昕和夏子涵在一起后约会的时间多半是在图书馆里度过的。刘雨昕喜欢托着腮看夏子涵读书，那种对书本的沉迷和专注，总是让刘雨昕像个小迷妹一样，对他充满了崇拜与迷恋。

可是夏子涵对刘雨昕，却似乎有点太过平淡，没有讨好和追捧，没有过多的体贴和宠溺，就连那次她不小心磕破了膝盖，他只是轻描淡写地说："别担心，涂点药水就会好起来的。"她过生日的时候，他也只是送了一本书给她。

三

对于夏子涵的不温不火，刘雨昕并没有在意，反而觉得这才是夏子涵沉着淡定的自信表现。

只是相处久了，他们之间的不和谐开始显露出来。他给她谈论理工的奥妙所在，她似懂非懂。他便试着与她谈论文学，毕竟她是学中文的。他谈论司汤达的《红与黑》、狄更斯的《双城记》、梭罗的《瓦尔登湖》，然而，她依然无法理解。

刘雨昕开始觉得有点惭愧，虽然自己学的是中文，读过的名著却寥寥无几。不过她又想，作为美女，凭着自己的美貌完全配得上夏子涵的学识吧！不然，他也不会留在她的身边。这一点，她对自己还是有把握的。

就这样，转眼大学即将毕业，这期间，她们开始各自选择自己的未来。夏子涵准备考研，刘雨昕准备应聘工作。

那时候，因为考研，夏子涵一头扎进了书堆里，很少有时间陪着她。有一次，她去图书馆找夏子涵，看到他正和身边的女生热烈地讨论着什么。她站在门口看着他们在一起探讨的样子，有那么一刻，她突然觉得自己和夏子涵是那样不般配，而眼前的两人才是那样的和谐。这是刘雨昕第一次在爱情里，有了危机感。

四

刘雨昕开始留意那位女生。她从其他同学的口中得知那女生叫梁晓琪，和夏子涵在一个系，同样是出类拔萃的学霸级人物。虽然梁晓琪没有她漂亮，但她与夏子涵在一起的时候，充满了女性的魅力。

刘雨昕有点嫉妒，便找到梁晓琪，直截了当地对她说：“夏子涵是我的男朋友，你最好离他远一点。”梁晓琪也不甘示弱地回答她：“不要以为你长得漂亮就可以盛气凌人，你的漂亮不过是暂时的，而内在的修养才是永恒的。我们公平竞争吧！”说完，梁晓琪扬长而去，留下刘雨昕怔怔地愣在原地。

是啊，自己除了有一张漂亮的脸蛋，还有什么呢？没有梁晓琪的满腹诗书，没有她的博学多识。她只是浑浑噩噩地等着毕业，然后庸庸碌碌过完自己的一生。刘雨昕越想越自卑，与其有一天被夏子涵甩掉，还不如自己先行一步。

于是，当刘雨昕向夏子涵提出分手时，夏子涵漫不经心地说了一句：“别闹了。”他以为她是在开玩笑。可是，他再一次遇到刘雨昕时，她的身边已经多了一位帅气的男生。夏子涵很受伤，但他什么也没说，只是默默地转身离开了。

五

随着毕业季的到来，他们很快便各奔东西。夏子涵和梁晓琪不出意料地被同一所院校录取，而刘雨昕经过多方投简历，终于被一家大型企业录取。

本来她被分配了一份清闲的工作，负责接待一些客户。一次，一个油腻大叔看她暧昧的眼神让她无比反感。她毅然决定，申请到企业最底层去工作。

脱下漂亮的服装，换上宽大的工作服，她每天早出晚归，认真钻研业务。周末的时候，她还不断参加各种培训班学习。几年下来，工作上的勤奋认真使她取得了不凡的成绩。她从最初的底层员工升到主管，再升到后来的部门经理，她逐渐从“小花瓶”蜕变为可以独当一面的职场精英。难怪身边有同事常常开玩笑说她明明可以靠脸吃饭，却非要靠实力，言语间充满了对她的肯定。

仿佛想把以前的缺失都补回来似的，刘雨昕还购买了大量世界名著，每天如饥似渴地遨游在知识的海洋里。这一路读下来，感悟颇多，于是，她开始写文章，并不断在报刊上发表文章，后来她又成了某报刊的专栏作家。

六

那天，快下班时，刘雨昕接到了一个陌生电话，她以为对方打错了，正准备挂机时，电话里传来一个焦急的声音：“刘雨昕，我是梁晓琪。”

原来，梁晓琪在报纸上看到了刘雨昕的专栏，通过报社找到了她的联系方式。她无比感慨地告诉刘雨昕，要不是报纸上配有她的照片，她简直不敢相信她刘雨昕已经成为了一个专栏作家。

她们约在了一家咖啡馆见一面。梁晓琪面露愧色地对刘雨昕说：“对不起，都是我不好，当年是我觉得你配不上夏子涵，便故意和你争夺夏子涵。其实，我们只是普通的朋友，他爱的人一直都是你。得知你们分手后，我很愧疚，也去找过你，想告诉你事情的真相，可是夏子涵说你已经有了新男友。他也一直反思，觉得是自己以前冷落了你。”

刘雨昕拉过梁晓琪的手，说：“不要说什么对不起，我感激你还来不及呢！如果当年不是你的提醒，恐怕我也不会有今天。”

是啊，曾经的自己，那么浅薄地以为，只要拥有了美貌，便会拥有一切。

直到梁晓琪点醒了她，她才明白，美貌不是一切，要不断成为更优秀的人。

七

告别时，梁晓琪依然有点歉疚地说："我现在和男朋友很幸福，所以，我也希望你和夏子涵能和好如初。看到你们幸福地在一起，我才会安心。"停顿了片刻，她接着说："对了，夏子涵现在在一家外企工作。他曾谈过一个女友，但他心里始终放不下你，所以现在仍然单身。我把他的联系方式留给你，希望你们有机会能联系。"

送走了梁晓琪，刘雨昕陷入了沉思。这几年，自己何尝不是如此，虽然谈过几个男友，但心里始终忘不掉夏子涵，几段恋情最终都没有结果。

周末的时候，天蓝得像洁净的丝绒，熠熠发光。这么好的天气，刘雨昕准备到室外去走走，突然接到了夏子涵的电话，让她隔着玻璃窗看下去。阳光下，站着一个充满青春活力的男子，他的手里还捧着一大束玫瑰，背后一条横幅，上面写着："刘雨昕，嫁给我吧！"

刘雨昕急忙奔下楼，看着眼前的夏子涵一步步走向自己，她幸福地落下了眼泪。或许这一次，她可以跟他聊一聊托尔斯泰，聊一聊狄更斯了。这样势均力敌的爱情或许才是最美的爱情。

我爱你，这是最好的安排

一

罗颖认识姜皓纯属意外。那天傍晚，天空突然出现了特殊的云彩，那些云彩有的像一个个五彩的花环，有的像一条条漂亮的彩带……罗颖因为迷恋天空的云彩，只顾着仰头看，一不留神一脚踏进了路边的一个坑里。一声尖叫过后，很不幸，罗颖的腿摔伤了。

罗颖被送去急诊，医生为她打上石膏，说需要住院观察几天。于是，罗颖被送进了病房。彼时，病房里还住着一个摔伤了胳膊的中年妇人。

罗颖住院期间，母亲专程从老家过来照顾她。中年妇人由他的儿子姜皓陪伴。姜皓陪床照顾母亲，周到又体贴。母亲刚做完接骨手术，行动极不方便。怕母亲烦躁，姜皓便坐在床边，轻声安慰着母亲，然后一口一口耐心地喂她吃饭。

那一刻，这个阳光帅气的青年，在罗颖眼中变得弥足珍贵起来。她想，一个对母亲如此温柔而孝顺的儿子，将来对自己的媳妇也一定不错。

想到这，她不由得脸红起来。

是的，罗颖爱上了姜皓。在出院之际，罗颖对姜皓说：“留个联系方式呗！”

于是，一来二去，爱情让两颗年轻的心贴在了一起。

二

恋爱总是那么甜蜜。那些日子，每逢节假日他便骑着那辆旧自行车载着清纯可爱的她，穿过人潮，绕过一条条逼仄的小道，来到小河边、柳树下尽情地玩耍。

然而，一场疫病感染，罗颖病倒了。她先是喉咙肿痛，接着开始咳嗽，再后来发烧。她害怕极了，听说自己祖辈有遗传性血液病，自己会不会……她以为自己快要死了，便整天蜷缩在宿舍里不肯去看医生。这时候，很多朋友和同事都劝她去医院治疗，而罗颖不听，她害怕查出大病。这时候，姜皓来到了她的身边，一边用手摸着她的额头，一边责备她说：“丫头，病了也不告诉我，这样耽误下去怎么可以？”说完，背起罗颖就往医院跑。

一番挂号检查，还好，罗颖只是一般的感冒发烧，没什么大碍。在医院打完针吃完药，在回来的路上，罗颖禁不住问姜皓：“万一我真的患了大病，你就不怕我拖累你吗？”姜皓一字一句地说：“我不怕，因为我爱你呀。”那一刻，罗颖感动得泪流满面。

也是这一次的考验，让罗颖确信姜皓是值得自己托付终身的人。于是，罗颖很快嫁给了姜皓。

三

婚后的生活甜蜜而美好，即使他们家的条件并不富裕，甚至有些拮据，但再苦的生活被爱情的暖阳照耀着，也甜。每天早晨，姜皓依旧骑着那辆旧自行车载着罗颖有说有笑地穿梭在去往公司的路上，下班后他又骑着那辆自行车载着罗颖一同回家。然后他们一起做饭、做家务，脏活累活姜皓总是抢着干。而每次吃完饭，姜皓都会给罗颖一杯水，如果水热，他就会把杯子里的热水兑上提前晾好的凉水，才递给她喝。更让人感动的是，如果遇到天凉的时候，姜皓总是抢着先洗澡，他是要把卫生间暖热了才让罗颖洗。

夜幕降临时，姜皓喜欢把罗颖抱在怀里，两个人一起说着悄悄话。那次，罗颖在姜皓的怀抱里对他说："我们是不是该要个孩子了，我喜欢男孩，像你一样温柔又体贴。"姜皓回答说："我喜欢女孩，像你一样美丽又可爱。"罗颖说："那我们干脆就生一男一女吧！"然后两个人哈哈大笑……就这样，多少次，他们相携相爱，一起憧憬着着未来生活的美好，日子过得温馨而甜蜜。

姜皓对罗颖的宠溺，却遭到了罗颖单位同事的质疑，同事说："你们现在新婚他当然宠着你，爱着你，天天接送你，可再过几年，看他还会不会这样稀罕你。"

然而，一转眼七年下来，他们仍然恩爱如初。可以说他们的生活美满幸福，但唯一的遗憾是他们一直没有孩子。

四

可谁能想到，美好的爱情终是抵不过七年之痒，姜皓竟然出轨了。

其实他的出轨是有预兆的，一个月前，姜皓突然对罗颖说：“以后我不想再接你上下班了，我已经厌烦两个人天天腻在一起的生活，我们也该给彼此一点独立的空间了。”对于姜皓的话，罗颖有点蒙，感觉他就像突然间变了个人似的。不过，罗颖想，结婚这些年来，姜皓总是风雨无阻地来接送她，也实在太辛苦了，他也该轻松轻松了。

起初，他们总是一前一后地进家，再后来，姜皓回家的时间越来越晚，而且脸色也越来越难看。罗颖以为姜皓可能是想要孩子了，而这几年来自己的肚子却一点也不争气。于是，对于姜皓的坏脸色，罗颖不但不责怪他，反而是感到很歉疚。其实之前，罗颖私下里偷偷跑到医院去做过检查，医生说她没有什么大问题，只是有点宫寒。于是，她吃了不少中药，花了不少钱，可是，她的肚子依然没有一点动静。多少次，她从枕头底下偷偷拿出那本婴幼儿画册，看着那些可爱的孩子，她的内心就越发难过。

那天，她出门时明明把手机放进了包里，在等公交车时，她习惯性地把手伸进包里去拿手机，想看看时间，但搜遍了背包也没有找到手机。想到今天还要用手机与客户联系业务，她便急忙回家去取。

当罗颖用钥匙开门的时候，门却怎么也打不开。

五

罗颖用力拍打着门，说：“姜皓，你开下门！”突然，门被打开了，从屋里走出一个颇有姿色的女子，那女子一边低着头往外走，一边整理自己的衣服。

罗颖惊呆了，就那样看着那女子一步步走远，然后进屋，看到低着头坐在沙发上一言不发的姜皓。罗颖没哭也没闹，她只是默默地从茶几上拿起手机就离开了。

走出门后，罗颖的眼泪再也忍不住掉了下来。是的，她一直以为姜皓只是嫌弃她不生孩子，没想到他却背叛了自己，这是她不能容忍的。

所以，当姜皓亲口承认已经不爱她了，并提出离婚时，罗颖没有反驳，没有质疑，默默收拾好自己的衣物，头也不回地离开了那个家。

回到娘家后，母亲责备她说："傻闺女，你怎么就轻易答应他离婚呢？你以为再组建一个家庭那么容易呀？"罗颖说："我就算一辈子单身，也绝不会原谅一个背叛自己的人。"

此后很长一段时间，罗颖相了很多次亲，不是她看不上人家，就是人家看不上她。总之，她一直单身。

转眼，两年过去了，罗颖的婚姻依然没有着落。偶尔想起姜皓，她的心里仍然隐隐作痛。不管怎么说，他曾经那么爱她，那么宠溺她，他现在过得怎样了？他结婚了吗？有孩子了吗？

六

那天，罗颖在一家商场突然看到一个熟悉的女人的身影，那女子怀里还抱着一个孩子。没错，就是她，虽然她只匆匆见过她一面，但她依然认得她，那个夺自己所爱的人。原来他们都已经有了孩子。

罗颖急忙躲到一个隐蔽的地方关注着她。想看看姜皓有没有跟她一起来，她已经有两年没有见过姜皓了。

果然，一个男子举着几个串串来到那女子面前，他把串串殷勤地递给了女子，从女子怀里抱过了孩子。男子抱过孩子后，不忘亲一下孩子的脸蛋，然后，他一手抱着孩子，一手轻轻地揽住女子的腰，这三人看上去俨然是幸福的一家人。

但问题是，那男子却不是姜皓。罗颖也不知道哪里来的勇气，三步并作两步来到了女子面前，有点气愤地问："你能给我一个合理的解释吗？"女子先是愣了一下，等看清楚是她，女子便幽幽地说："索性告诉你吧！我和姜皓什么事也没有，我是他的徒弟，我们不过合伙演了一场戏而已。"罗颖喃喃地说："你们演了一场戏？"女子说："是啊！姜皓算准了你会回家来取手机，然后通知我及时进了你家……"罗颖更加疑惑了，大声说："可他为什么要演戏给我看呢？"女子说："因为他太爱你，所以他说这是最好的安排。"罗颖说："可我还是不明白，爱我为什么还要放弃我？"女子说："因为在你们离婚前一个月，他偶然在医院里做了个检查，才发现原来不能生育的人是他，而你又那么渴望有个孩子……"

到这时，罗颖才如梦方醒。她焦急地问那女子："姜皓现在……"没等她把话说完，女子便接过她的话说："姜皓那么爱你，又怎么能接受其他女人……"罗颖再也听不下去了，她疯了似的跑出商场，坐上出租车去往姜皓家。

罗颖要告诉姜皓，没有孩子又有什么关系，我们可以领养啊！只要两个人彼此深爱着对方，就已经足够了。

爱情走过下雨的街

一

江雨柔和同事去聚餐，酒过三巡菜过五味时，趁着大家闹哄哄地相互敬酒，同事李子铭来到江雨柔身边，深情款款地说："江雨柔，我可以做你男朋友吗？"江雨柔先是被李子铭的话惊呆了，片刻后她才缓过神儿来。

坦白说，李子铭实在太优秀、太出色了。他不仅有着俊朗的外表、明亮的眼睛，还始终保持儒雅的风度。难怪他来公司没多久便俘获了一大批女生的芳心，就连公司老总的女儿对他也青睐有加。自然，江雨柔对李子铭也颇有好感，只是自己已经有了冯绍远，再帅的男子也入不了她的法眼。

所以，江雨柔有点歉疚而又有点傲娇地对李子铭说："对不起，我已经有男朋友了。"李子铭似乎早就料到了这样的结局，所以，他并没有因为江雨柔的话气馁，而是故作轻松地说："没关系啊，我可以等。如果你哪天失恋了，请问，可以优先录取我吗？”对于李子铭的话，江雨柔有点哭笑不得。

是的，她爱冯绍远，很爱很爱。然而，有些事真的是难以预料，就像中了李子铭的魔咒似的，一个月后，江雨柔真的失恋了。

得知此消息后，李子铭第一时间来到江雨柔面前，说：“我说的话还算数吗？我可以排在第一位吗？”江雨柔还沉浸在失恋的痛苦中，哪儿有心情和他搭讪，她一把将他推到一边，转身离开了。

李子铭是个非常善解人意的人，自然能洞悉她此刻的心情，也就不多言，只是每天陪伴在她左右。

于是，上下班的路上，江雨柔的身边便悄悄多了一个保镖。起初，江雨柔发现他后，呵斥道：“李子铭，你一直跟着我干吗？”李子铭装作无辜地说：“没有啊，我正好来这里办事呀！”

一次，江雨柔到商店买东西，正准备付款时，发现忘记了带钱包，尴尬间，李子铭及时地帮她付了款，给她解了围。渐渐地，江雨柔也习惯了李子铭的陪伴，只是她一直把他当一个普通好友对待，因为她的心门，早已因冯绍远而关闭了。

二

江雨柔在见到冯绍远之前是不相信一见钟情这件事的。

去大学报到的那一天，江雨柔拖着行李箱站在偌大的校园里，正不知该往哪个方向走时，一个像风一样的男生骑着一辆自行车忽然就停在了她身边，和她打招呼道：“诶！你新来的吧！我叫冯绍远，比你早到一天，我给你带路吧！”江雨柔看向冯绍远，一下子愣在了原地。只见面前的冯绍远，长长的睫毛，明亮的眼睛，还有修长的身材，尤其他那灿烂的笑容，就像阳光照在她的心上，让她有种心动的感觉。

是的，她对他一见钟情。只是后来江雨柔才知道，原来喜欢上冯绍远这样好看的男生，是一场灾难。因为她喜欢的男生，其他女生也喜欢。江雨柔只能对冯绍远默默地暗恋。

暮色黄昏里，江雨柔一个人去往阅览室。冯绍远不知道什么时候从身后跳出来，站在江雨柔面前，笑盈盈地对她说："江雨柔，我是从校报上看到你的名字的，没想到你写得一手好文章。"被冯绍远这么一夸，江雨柔的脸一下子就红了。

借着暮色的掩映，冯绍远并没有发现江雨柔惊慌失措的样子，大大咧咧地说："真巧，我也喜欢写文章，以后我们切磋一下怎么样？"冯绍远的话让江雨柔喜不自禁，她急忙点头道："好啊！好啊！"

江雨柔和冯绍远不在一个系，但这并不妨碍他们之间的交往。她去食堂吃饭，他紧随其后；她去图书馆看书，他就坐在她的对面；她去校园里散步，也总能看到他的身影。他们俨然成为校园里的一对"恋人"。

对于他们俩的关系，同学们议论纷纷，有好奇心重的女生干脆直接拦住她问："江雨柔，冯绍远真的是你男朋友吗？"她不置可否。

其实，只有她自己清楚，自己和冯绍远什么也不是。虽然她那么喜欢冯绍远。

三

因为冯绍远，江雨柔开始刻意打扮自己，努力让自己能够自信优雅地站在他的身边。

那样耀眼的冯绍远，身边从来不缺女孩子大胆的追求。比如顾媛媛。尽管冯绍远曾当面拒绝过她，但她却并没有因此而退却。

“江雨柔，我知道你喜欢冯绍远，可你们并不是男女朋友对不对?那我就有和你公平竞争的权利啊!”顾媛媛对江雨柔说这些话时，江雨柔感到极其不爽，可细想这些话也没毛病啊！她和冯绍远的确比别人走得近，但他们也只是好朋友而已。

所以顾媛媛总是适时地夹在他们中间。周末。江雨柔和冯绍远一起去郊游，走到口干舌燥之时，顾媛媛不知道从哪里就突然就冒了出来，她从包里取出两瓶水，先递给冯绍远一瓶，然后再递给江雨柔一瓶，还没等他们说谢谢，顾媛媛便自说自话道：“别客气，你们快喝吧!”

江雨柔与冯绍远去校外图书馆，回来的路上突然就遭遇了一场雨，正进退两难时，顾媛媛出现了，她一边将雨伞罩住冯绍远，一边将手里的一件雨衣递给了江雨柔，然后挽起冯绍远的胳膊，说：“走啦!”顾媛媛明明是在挑衅江雨柔，可江雨柔却没办法讨厌她。

冬天来临的时候，有一天冯绍远来找江雨柔，说顾媛媛想要单独约他。不知为什么，江雨柔心里隐隐有了不好的感觉。

果不其然，顾媛媛见到冯绍远的那一刻就飞奔到他面前，将一条灰色的围巾环绕到他的脖子上，并含情脉脉地说：“冯绍远，你听好了，我那么那么喜欢你，你愿意接受我的爱吗?”某个时刻，江雨柔都觉得有点感动了。而被感动的，不仅是自己，还有冯绍远。因为她发现，他的眼角有晶莹的东西在闪烁。

四

从冯绍远和顾媛媛正式宣布交往的那天起，江雨柔和顾媛媛的角色在不知不觉中发生了戏剧性的变化，江雨柔由原来的女主角变成了夹在他们中间那个多余的人。

他们一起去吃饭，总不忘喊上江雨柔；他们一起去看电影，也会拽上她。坐在他们旁边，有时候听他们说些卿卿我我的话，江雨柔越来越觉得自己插不上嘴，是到了该避嫌的时候了。

于是，她开始把全部身心投入到学习上。那段时间，她写了许多优美的散文发表在校报上。有几次冯绍远给她发短信说："我的大才女，太厉害了吧。"江雨柔只是淡淡一笑，然后把冯绍远的短信删除。再后来，他们之间渐行渐远，少了联系。

一直到大四临毕业那年，有天晚上，江雨柔接到了冯绍远打来的电话，说自己在外边喝多了，希望江雨柔去接他。

江雨柔下意识地抓起一件外衣就往冯绍远所说的酒店冲去。来到酒店，她一眼就看到冯绍远一个人坐在角落里，正在一杯接一杯地往肚里灌酒，她上前就夺过了酒杯，说："不要再喝了，这样会把胃喝坏的。"

看到江雨柔来，冯绍远委屈地说："给我酒，让我喝。这么长时间你都不理睬我，我们还是好朋友吗？你知道我现在过得有多惨吗？那个顾媛媛，为了自己美好的前程，居然跟一个富二代好上了。"江雨柔什么也没说，她只是默默地扶他起来，然后送他一路回到了学校。

第二天，苏醒后的冯绍远隐约想起昨晚的事情，他一骨碌爬起来，找到江雨柔说："对不起，昨晚我叨扰你了。"江雨柔低下头喃喃地说："可是我愿意啊！"冯绍远在这句话里发现了江雨柔的秘密，于是他说："江雨柔，你不会是喜欢我吧！”江雨柔脸一红说：“谁喜欢你了。”转身就跑走了。

五

二十二岁的江雨柔，有着清秀的脸盘、清澈的眼眸，还有那由内而外散发出的清新自然的气息，美得就像一位清丽的画中女子。冯绍远用手拍了一下自己的脑袋，喃喃道：“自己以前怎么就没有发现呢！”

明白了江雨柔的心意，冯绍远不费吹灰之力，很快就俘获了江雨柔的心。

大学毕业后，江雨柔随冯绍远一起来到了他所在的三线城市发展。虽然他不是很富有，但这又有什么关系？她爱他，这就足够了。他对她亦温柔体贴，帮她在外租房子，陪她找工作，一切向着美好的方向发展。

悠然沉寂的岁月里，他经常看着她，问她：“江雨柔，你什么时候嫁给我。”每次她都笑而不答，其实她的心里早已乐开了花。

相恋两年后，他们的婚事正式提上了日程。双方家长见面后，彼此也没有什么异议。冯绍远的父母认为，虽然江雨柔家里条件不太好，但她本人还算优秀，再加上他们也想早点抱上孙子，所以，这门亲事很顺利地就敲定了。

结婚的日子定在了同年九月。江雨柔开始满心欢喜地等着做新娘子。

那天，冯绍远陪江雨柔一起去商场买结婚用品。突然，冯绍远接到一个电话，然后他抛下江雨柔就走了。等他再回来的时候，冯绍远万分愧疚地告诉江雨柔，顾媛媛和富二代已经分手，他和顾媛媛已经和好如初。就这样，江雨柔就像一个笑话一样被退了婚。

从商场出来，江雨柔发现街上开始下起了雨，走在淅淅沥沥的雨中，她心中的雨也下个不停。

六

一年后，江雨柔终于从失恋的阴影中走了出来，这其中自然有李子铭的功劳。这一年来，李子铭频繁地出现在她的生活中，给她带来了许多意想不到的小欢喜。

为了让她宽心，周末的时候，他会以东道主的名义组织一些人陪她一起去郊游，也会带一些人陪她一起去游乐场玩。她过生日，他为她准备了满屋子的气球。

其实，出了校门的江雨柔，也写过许多优美的散文，只是她没有想过往报社投稿。那天，当李子铭拿着几份样报放到江雨柔的面前，她简直开心极了，连连问李子铭："这怎么回事呢？"李子铭自豪地说："是这样的，我在你的电脑上看到你写的文章，实在是太美了，我便开始留意报纸上的投稿邮箱，然后就帮你投稿了呗！"类似这样的小惊喜，简直数不胜数。

当然，李子铭也曾向江雨柔认真表白过，可是，每当这时，江雨柔就会陷入沉默。之后，李子铭便识趣地不再言语，只是依然像亲人一样对江雨柔温情守候。

因为倡导绿色出行，江雨柔由乘坐公交车改成了步行上下班。这一天，江雨柔在前面迈着矫健的步伐走着，李子铭在后面嚷嚷着："江雨柔，你等等我啊！"江雨柔扭头调侃他道："李子铭，看来你得把车子卖了，以后跟我练习走路了。"话音刚落，她的手机铃声忽然响起，她急忙接听，只听电话那头沉默了片刻才说："对不起，是我，冯绍远，你最近还好吗？"江雨柔的手抖了一下，然后停顿了许久才回复道："我很好，你呢？"冯绍远叹息了一声，说："我和她分手了，还是上次的原因。江雨柔，和你在一起的日子真的很快乐，我想问一下，我，还有机会吗？"

江雨柔眼睛里闪过一道光，忽而又暗淡下来，嘴张了几下，终究什么也没有说出来。

突然，李子铭在身后大喊一声："小心！"便一个箭步上前把江雨柔推到了旁边。这时，一辆电动车从李子铭身边飞驰而过。

一旁惊魂未定的江雨柔，半天才缓过神来。只见她果断地挂断了手机，转身牵住了李子铭的手。

天上掉下个男朋友

一

苏晓晓最近过得十分抓狂。公司的薪水没涨，她的房租倒是涨了一倍，油价也在飕飕地往上飚，眼看就要入不敷出了，这还让人活吗？

另一头，婚姻大事也急迫得令人抓狂。每次回老家，她妈妈总是一遍遍地催促她，希望她早日找个男朋友，也好相互有个照应，毕竟她已是二十五六岁的大姑娘了，如果再这样蹉跎下去，岂不成了老姑娘。这事搁到以前，苏晓晓铁定一副气定神闲的样子，可是，如今的她还面临着生活的危机，再也淡定不下去了，如果能尽快找个能分摊生活费用的男朋友，一切问题也就迎刃而解了。

这想法一旦在脑子里生根发芽，苏晓晓便上班也想，吃饭也想，路上也想，就连晚上睡觉的时候都在想。梦中，她真的嫁了，穿着洁白的婚纱，戴着耀眼的钻戒，坐着香车宝马来到了一座宫殿前。帅气的新郎急忙上前去牵她的手……她开心地笑个不停，结果，一下子就笑醒了。

从美梦中一下子跌进现实，苏晓晓不禁叹息起来："哎！如果天上真能掉下来这样一个男朋友该有多好啊！"

二

天上没有掉下男朋友，苏晓晓想找男朋友的消息倒是传得沸沸扬扬。单位的梅姐拉着她的手说："晓晓，我认识一个大老板，很有钱的，有别墅，有宝马，要不要给你介绍一下？"苏晓晓一听有别墅、宝马，整个人都愣住了，想着以后再也不用为房租、油费的事发愁，便连声道："要见，要见。"于是，约好了见面的时间地点，梅姐就出门办事去了。苏晓晓后来才恍然想起忘记了问对方的工作、年龄。

下班后，苏晓晓按照梅姐说的来到了见面地点，看到梅姐已经先到了，身边还坐着一位大约四十来岁的秃顶男人，便将梅姐拉到一边说："梅姐，这是姐夫啊？怎么那人还没到呢！"梅姐急忙说："你说什么呢？这就是给你介绍的对象啊！你别看他其貌不扬，生意做得可大了。等你嫁过去，会有享不完的清福呢！好了，我不啰唆了，你们俩慢慢聊。"说完，梅姐知趣地先走了。

苏晓晓做梦也没想到，梅姐居然给她介绍了一位大叔。想当年，在大学的时候，有多少青年才俊跟在自己身后，怎奈那时候的她根本不解风情。想到这儿，苏晓晓不由得悲从中来。至于男方说了什么，她一句也没有听清楚，拎起桌上的手包，说去下卫生间，便溜之大吉了。

三

第二天，自然少不了梅姐一番数落：“又想找有钱人，还挑三拣四的，你以为你是《格林童话》里的灰姑娘吗？嫌人家年龄大，那你去找富二代呀。”梅姐的话音刚落，苏晓晓的好友姗姗便打来电话：“晓晓，我可是费了九牛二虎之力才托朋友帮你找了一个富二代，他的人品、相貌、年龄都没的说，只是那年他开车被撞了一下，脑子稍微有点迟顿，但家境非常殷实，你看什么时间见见？”电话这头，苏晓晓彻底崩溃了，她对着电话大声喊：“拜托，我的姗姗祖宗，你饶了我好不好？大不了我不找有钱人做男朋友了，行吗？”

苏晓晓一连遭受重创，晚上来到小区附近的一家酒店借酒浇愁，想起房租、油费，还有没着落的男朋友，不觉便喝多了。出了酒店，趔趔趄趄来到了小区门口，突然，一辆小轿车停在了苏晓晓身旁。借着灯光，苏晓晓看到从车上走下来一位英俊潇洒的青年，他一身休闲运动装打扮，英气逼人。

苏晓晓一摇三晃，自言自语道：“嘿嘿！你是从天上掉下的男朋友来拯救我的吗？”青年男子本来已从苏晓晓的身边走过，听到苏晓晓说话，往四周看了看，发现周围并没有人，便回过头说：“你是跟我说话吗？”苏晓晓喷着酒气说：“那不然呢？”青年男子这才发现对方喝多了酒，想了想，终究怕她露宿街头，便搀扶着她向小区内走去。

四

折腾了将近半小时，男子总算把苏晓晓送进了她的一居室住房，正待转身离开，却被苏晓晓一把紧紧地拽住："别走，陪我说说话。"男子迟疑了一下，便被苏晓晓一把摁在了客厅的沙发上。

苏晓晓眼神迷离地说："你是富二代，对不对？"男子说："富二代怎么了？"苏晓晓没有回答他，接着说："别以为我喝多了，刚才送你的那辆车是奔驰，对不对？"男子说："那又怎样？那是我同学的跑车，只是顺路把我捎回来而已。"苏晓晓做了个嘴角向上翘的表情，说："那你做什么工作？"男子说："我在快递公司。"苏晓晓无限感慨地说："没想到快递小哥的颜值也这么高。"受到如此表扬，男子忍不住笑出了声。苏晓晓说："你笑什么？你还没告诉我你叫什么名字呢？"男子说："我叫阮小青。"

"阮小青，阮小青。"苏晓晓一遍遍念着这个名字，说，"好文艺的名字啊！"接着，苏晓晓头一歪靠在了阮小青的肩膀上，开始伤心地哭起来。她一边哭一边倾诉道："阮小青，我只是缴不起房租，付不起油费，我只是想找个男朋友来分担房租，缓解一下我目前的窘迫，我有错吗？可是，单位的梅姐说我不是《格林童话》里的灰姑娘。阮小青，不如你做我的男朋友好不好？我不会嫌弃你是快递小哥的……"

五

早晨，太阳微笑着从东方缓缓升起，散发出一缕缕的光芒。温暖的阳光，透过窗外的树梢，透过玻璃窗，照在苏晓晓的床上。苏晓晓睁开惺忪的双眼，慢慢坐起来准备起床。

突然，她大叫了一声，一边把被子重新围在自己身上，一边对着沙发上的阮小青大声喊道："你是谁？你怎么在我家里？"阮小青被她吵醒后，急忙坐起来："我说大小姐，你还好意思说！昨晚是你喝多了死活拽着不让我走，完了，还吐了一地。还有，我可没有非礼你啊！不信，你听听。”说着，阮小青拿出手机，打开了录音应用程序。

苏晓晓听了不到一半，便羞愧地用被子蒙住了头。阮小青看了一眼床上的她，摇头笑了笑便离开了。

原来，苏晓晓昨晚又是哭，又是笑，又是叫的，折腾了一宿。等阮小青把她扶到床上睡下，又帮她收拾屋子，收拾完已经快凌晨三点钟了。他实在太困了，便倒在沙发上睡着了。

六

一连羞愧了几天，苏晓晓才想起来，忘记了留下快递小哥的电话，也好日后找机会谢谢他。

那天，苏晓晓开车去上班，还没走出小区，从后视镜里居然看到了阮小青，不禁一阵惊喜：还以为再也见不到他了，原来他也在这个小区租房，难怪。

苏晓晓急忙停下车，按了几声喇叭，等阮小青过来后，示意他上车。苏晓晓在心里思忖着：在这个繁华的都市里，即使买不起汽车，总该买辆电动车吧！这样想着，等阮小青上了车便问道，“阮小青，你怎么不骑电动车上班？”阮小青道：“走路上班既锻炼身体又环保，这样不是很好吗？” 苏晓晓在心里哼了一声，买不起电动车就说买不起，干吗扯上环保。不过，苏晓晓还是对阮小青充满了感激，说：“那天，真的非常感谢你送我回家。”坐在副驾驶位上的阮小青急忙摆了摆手说：“不客气。”

就在阮小青抬手间，苏晓晓眼角的余光正好瞥见他手上的伤口，殷红的血迹凝固在手上。苏晓晓急忙把车停在路边，抓起他的手便问：“你的手怎么受伤了？”阮小青说：“没什么，不小心蹭破了点皮。”苏晓晓急忙从手提包里拿出了自己的手帕，一边帮阮小青包扎，一边说：“以后送快递骑车的时候千万要注意安全，伤口也要及时包扎，万一感染了怎么办？”苏晓晓的话让阮小青很感动。

送阮小青到公司门口，分别时，苏晓晓要了阮小青的电话，并请他改天一起吃个饭，以感谢他那晚的相助之恩。

七

苏晓晓和阮小青一起出来吃饭，两个人有说有笑，俨然成了好朋友。正吃得津津有味，突然有人喊：“阮哥，你也在这里吃饭啊！”那人看了看他身边的苏晓晓，接着说，“也不介绍一下，这位是谁啊？”阮小青回答说：“哦！这是我女朋友。”

待那人离开，苏晓晓红着脸说：“你乱说什么啊？谁是你女朋友了？”阮小青板着脸说：“不是你哭着闹着要我做你男朋友吗？怎么现在反悔了？”苏晓晓怕伤阮小青的自尊，便说：“谁说我后悔了？”阮小青用手摸了一下苏晓晓的头说：“这还差不多。”

其实，苏晓晓也不是没有动过心。一段时间下来，她觉得阮小青确实是做自己男朋友的最佳人选。他帅气、善良、体贴，又吃苦耐劳……只是想到他们二人收入都很微薄，未来的日子想必不太好过。

之后，两个人虽然没有明确关系，但他们却像情侣一般。有时下班后，他们会一起吃吃饭、散散步，相处得非常融洽。用苏晓晓的话说，就当是两个生活在社会底层的人一起抱团取暖好了。

当然，他们一起吃饭时，都是阮小青抢着买单。

八

一次，苏晓晓外出办事，不用再回单位了。她看时间尚早，估摸着阮小青这个时间应该正在单位里分快件，便准备开车去接他一起下班。

以前捎带阮小青时，因为急着上班，总是把他放在公司门口就匆匆离开了。现在仔细看来，这家快递公司的外观看着还算气派。

苏晓晓把车停放在停车场后，便准备到公司里去找阮小青。走到门卫处，看门大爷问她："你找谁？"苏晓晓说："我找阮小青。"大爷说："哦！你找阮总啊？"苏晓晓说："我不找什么阮总，我找阮小青。"大爷奇怪地眨了眨眼睛，指着走在公司院子里的一个工人说："你过来，带她去见阮小青。"

来到一个偌大的办公室前，工人用手指敲了敲门，里面有人说："请进！"工人把门打开一条缝，对她说："进去吧，阮总就在里面。"

苏晓晓疑惑地从门缝看过去，只见宽大的办公桌后，坐着成熟、稳重的阮小青，他好像正在那里批阅文件。

九

苏晓晓傻了一般在门口怔怔地看着阮小青，阮小青猛然抬头看到是她，一时却不知道该如何是好。这时，苏晓晓扭头便跑了出去，她跑出公司大门，来到停车场，打开车门坐进去，闭着眼睛把手放在胸口上，脑子里却在想着她和阮小青之间曾经发生的事。

结束了，一切都结束了，原来那个一直被自己怜悯的阮小青，居然是个有钱人。而他又怎么会看上她这个不知天高地厚的傻丫头呢！

不知什么时候，阮小青拉开她的车门坐了进来，说："傻丫头，你听我说，我不是什么有钱人，我的事业才刚刚起步，所以不好意思向你求婚。"说着，他从口袋里掏出一枚结婚钻戒，接着说："本来早就想向你求婚的，只是你那么美丽、善良、可爱，我怕你拒绝我……苏晓晓，我真的很爱你，你愿意嫁给这个快递小哥阮小青吗？或者，你就当我是天上掉下的男朋友好吗？"

听完阮小青的一番表白，苏晓晓扑哧一声笑了出来，说："好吧！我就当可怜可怜你吧！"说着，她伸出了纤纤玉指，让阮小青给她戴上了那枚求婚戒指。

滨海之恋

一

王小麦仓皇地逃到了老家龙口，到达时已经是黄昏了。她根本来不及领略这里海天一色的海滨风光，将自己扔进一个游泳圈泡进了海水里。此刻，她心绪烦乱，怎么也无法理清昨天发生的一切。

是的，就在昨天，王小麦去找林毅，远远地却看到林毅牵着一个女孩的手。那女孩身材修长健美，气质妩媚迷人。仔细看，那女孩不是别人，正是一直以来对林毅穷追不舍的美女孟茜。

孟茜是他们公司经理的女儿，不仅人长得漂亮，而且家境优沃。不像王小麦和林毅，他们都是普通人家的孩子，凡事都要靠自己。

王小麦和林毅是在上大学时相识相知的，毕业后，他们一起来到北京一家公司应聘。可喜的是，他们最终都通过了面试。虽然他们租住的地方很简陋，工作很辛苦，但两个人很努力，一切都在向好的方向发展。

然而，自从孟茜进了公司，他们之间的宁静和谐被打破了。孟茜对林毅一见钟情，暗送秋波也好，大胆表白也罢，王小麦感觉不胜其扰。虽然林毅一再向王小麦保证只喜欢她一个人，但不得不说孟茜已经对王小麦造成了极大的威胁。于是，王小麦便多次跟林毅商量，能不能两人一起回龙口老家发展。龙口是一座非常美丽的滨海城市。以他们的资历，回到龙口，一定会有很大的发展空间。

可是林毅却不这么认为，他觉得北京才有更广阔的人生舞台。说白了，林毅想留在北京发展。只是王小麦没想到，林毅居然背叛了自己，为了留在北京，不惜牺牲他们几年的感情。

王小麦一气之下辞了职，收拾东西回了龙口老家。

二

就在王小麦漂浮在海面上独自伤心的时候，有一个人盯着她看了好久。这个人就是徐航。

天气炎热，徐航独自一人到海边游泳。游泳的人很多，徐航游了几圈后，便来到了海边沙滩上。脚踏细沙，眼看大海，微风拂面，舒爽宜人。突然，他发现，在离海岸三十米远的地方，一个黄色的东西随着波浪在轻轻地漂浮着，足足有十来分钟一动不动，看衣服颜色，应该是一名女子。林毅吓坏了，那女子不会自杀吧？他想起了曾经看过的小说里的描述：有人在失意后，就会选择以这种漂浮的方式自杀，飘到哪里算哪里，死亡率非常高。想到这里，徐航一个猛子扎进海里，奋力向漂浮的女子游去。

徐航一口气游到了女子身边，上前一把抱住了她，说：“丫头，没有什么想不开的，你死了，你的父母该有多伤心啊！”王小麦冷不丁被人一把抱住，吓得急忙挣扎。可是，她越是挣扎，徐航就将她抱得越紧，说：“天大的事都可以解决，你千万不要想不开。”

徐航费了九牛二虎之力，终于把王小麦拖上岸。王小麦站定后，却反手给了徐航一巴掌，气愤地说：“谁想不开了，要你多管闲事，讨厌！”徐航捂着被打的脸，说：“原来你不是自杀啊！”王小麦说：“你才自杀呢！那么大的人了，拜托你长点脑子好不好？”说完，拿起游泳圈又走进了海里，留下徐航一个人傻愣愣地自言自语道：“算我多管闲事好了。”

三

几天后，王小麦在龙口应聘，成功进入了一家房地产公司。第一天上班，她稍作梳洗打扮，便出门去赶公交车。

来到公交站牌前，不巧一辆公交车刚开了过去。她只好等下一趟，反正时间还很充足。

徐航这时恰好开车路过公交站牌，他随意扫了一眼等在站牌下的王小麦，感觉这人有点眼熟，忽然想起她就是海里那名被“救起”的女子，便神使鬼差地往后倒了倒车，摇下车窗玻璃，说：“诶！美女，要不要顺路捎你一程？”王小麦以为是熟人，上前一步弯下腰，仔细一看竟是那天在海边那位多管闲事的男子，便没好气地说：“谁稀罕坐你的车。”说完，便伸直了腰退后一步，继续等公交车。徐航再次讨了个没趣，摇了摇头便把车开走了。

等王小麦下了公交车，快到公司楼下时，她发现身后紧跟着一个人。扭头一看，居然又是那名多管闲事的男子，便怒气冲冲地对他说：“你有病啊！跟踪狂吗？”

原来，公司办公楼的对面有个地下停车场。徐航停好车走出停车场时，遇到一位同事，便寒暄了几句。快到公司楼下时，正好走在王小麦的身后。其实徐航并没有注意到前面的人是王小麦，直到王小麦对他一顿训斥后，他才面露讶异地说："美女，你怎么蛮不讲理，我在这里上班好不好，"王小麦听了他的话，自知理亏，便不再说话，扭头往前走去。

四

然而令王小麦万万没有想到的是，那个多管闲事的男子，不仅和她在一个单位，而且在一个部门工作。更令她无法接受的是，他居然还是她的顶头上司。

王小麦在心里叫苦不迭：这下惨了，以后他肯定会跟自己过不去的，怎么办呢？辞职？她舍不得这份薪水还算不错的工作。王小麦在心里想着，算了，管他呢！走一步看一步吧！

可接下来几个月，王小麦发现，徐航并没有跟自己过不去，相反，她工作中有什么不懂的地方，徐航还会耐心地指导她。有时候，徐航也会带她出去谈业务、吃饭，但都是工作需要，一切再正常不过了。

只是，王小麦发现，徐航确实有爱"多管闲事"的毛病。

有一次，他们一起开车出去见客户，行至半路，有一个七八十岁的老人，背着一袋什么东西，吃力地走在路上。徐航见状，急忙将车停在了路边，走到老人面前，执意将老人请上车，把老人直接送到了家门口。

还有一次，他们一起出去办事，在大街上看到一个盲人走到了路中央，看样子像是要过马路。可是，川流不息的汽车鸣着笛从盲人身旁穿梭而过，使盲人陷入很危险的境地。徐航看到后，果断把车停在了路边，跑过去将盲人搀扶到了马路对面。

见识了几次徐航的“多管闲事”后，不知从什么时候开始，王小麦居然开始对徐航有了一种说不出的好感。

五

那天，王小麦为赶制一份策划书走得晚了些。路过徐航办公室时，她发现徐航居然也没有走，便准备进去跟他打个招呼。

走到门口时，里面却传来了一个同事和徐航的说话声：“徐总，李姐给你介绍女朋友，你怎么又拒绝见面了？其实，傻子都看得出来，你喜欢王小麦，可你干吗不主动向她表白呢？”徐航叹了口气说：“王小麦那么漂亮，而我却相貌平平，我怕自己配不上她。”同事说：“徐总，你可别这么说，你工作能力强，心地又善良，谁又能配得上你呢！”后面说了什么，王小麦没听到，便匆匆离开了。

回家的路上，王小麦反复回想徐航对她的种种好。有一次，王小麦有点感冒，徐航便买来感冒药，又给她倒了一杯白开水，说：“我可不想员工因为生病而耽误工作。”那时候王小麦觉得徐航只是为了工作，并非关心她。看王小麦不爱吃早餐，徐航总是买来早餐，随手扔给王小麦，说：“我现在胃有点不舒服，你替我把它吃掉，别糟蹋了粮食。”原来，这一切都是徐航对自己不动声色的喜欢。

是的，徐航长得不帅。如果和前男友林毅相比，相貌是差了很多。但林毅和徐航的品德相比，却差之千里。徐航很普通，但他却有着一颗高贵而纯洁的心。

六

这个秋天，龙口这个滨海小城美得有点不像话。抬眼望去，蔚蓝色的天空中飘浮着几朵绸缎般的白云，几只活泼的海鸥在海面上飞来飞去。忽然，海浪由远而近奔腾而来，一层叠着一层，犹如千军万马齐头并进，煞是美丽壮观。

看着眼前的美景，徐航感慨万千。曾经和王小麦相识于大海，那么就让大海为他们再次做个见证吧！经过深思熟虑，徐航终于决定在海边约王小麦见面表白，不管结果如何，他都要勇敢地向她袒露自己的心声。

这天，王小麦按照约定的时间准备出门，刚一出门，却看到门口站着一个人。看到她出来，那人急忙迎了上去。王小麦定睛一看，原来是林毅，于是没好气地问："你怎么在这里？"林毅急忙说："小麦，你别生气，你听我说。"

原来，林毅和孟茜交往一段时间后，发现孟茜就像一个高傲的公主，专横跋扈，不讲道理，对林毅更是百般刁难，让林毅忍无可忍。这时他想起了王小麦的种种好。

林毅害怕王小麦不接他的电话，便直接来到王小麦的家门口。他说，只要王小麦肯原谅他，他愿意跟随她到龙口发展。这让王小麦很气愤，她大声对林毅说："你当我是什么？想要就要，不想要就随手抛弃吗？"

林毅还想辩解什么，却被王小麦堵住了他的话，她说："不妨告诉你，我已经有男朋友了，我正要去和他约会呢！"说完便扬长而去了。

七

来到海边，王小麦左右张望着，却不见徐航的影子。这时，她发现岸上很多人的目光都聚集在海面上，便急忙问旁边人怎么回事。原来，一名十三四岁的孩子跳进海里玩耍，不小心被海浪卷进了海水里。一名男子奋不顾身到海里救人去了。

这时，王小麦在沙滩上发现了徐航脱下的外衣，于是便明白了一切。

苍茫的大海里，海浪一浪接着一浪，翻滚着，咆哮着，卷着层层浪花涌向沙滩。岸上的人看着徐航一点点靠近那个孩子，然后拽起那个孩子在海水里一点点挣扎着往岸边游，所有的人都把心提到了嗓子眼儿，并不时发出一声声的尖叫，情况十分危急。

如果说，王小麦之前对徐航没有确定自己的心意，那么现在的她已经义无反顾地爱上了徐航。王小麦双手合十在心里默默祈祷着：他们一定要平安归来。等徐航平安归来，她一定会向徐航表白。

海面上，徐航依然奋力向岸边游着，不过离海边二三十米，却仿佛漫长得怎么也走不到岸边。这时，岸边也有几个人跳进了海里，终于，在大家的共同努力下，有惊无险，他们平安上了岸。

人们围着徐航，赞美着、欢呼着。

这时，王小麦挤过人群来到了徐航面前，不顾一切地大声说："徐航，你愿意做我的男朋友吗？"徐航用嗔怪的口吻说："不许你抢我的话，这种话应该由我来问。王小麦，你愿意做我的女朋友吗？"王小麦大声回答说："我愿意。"人群中爆发出热烈的掌声。

爱情的考验

一

席慕容的诗里有这么一句:“如何让你遇见我，在我最美丽的时刻?”苏蔓就是念着这首诗，在美丽的西湖边遇见了陈宇。

那天，家住杭州的苏蔓，因为这几日正好赋闲在家，便想着到西湖去游玩。鬼知道这丫头是怎么想的，漫步在西湖边上，她居然踩着一双鞋跟像拇指一般粗的高跟鞋，或许是为了搭配身上那件又仙又飘的真丝连衣裙吧!

西湖的美景吸引着南来北往的游客。苏蔓随着川流不息的人群，一边观赏着沿途的美景，一边念着席慕容的诗欢快地向前走着，突然，一个不留神，苏蔓脚下一滑，整个人四仰八叉地向后倒去，眼看着她就要重重地摔在了地上，说时迟那时快，只见后面一个男子跨前一步伸手托住了她，苏蔓的身体才没有平躺在地上，而是稳稳地躺在了那个男子的怀抱里。

这突如其来的变故，让时间仿佛凝固了一般，不知过了多久，男子才想起把苏蔓慢慢扶起来，并随口问道：“美女，你没事吧？”苏蔓回过神儿来，嘴里含糊地说着：“没事，没事，真是多亏了你，谢谢你啊！”说话间转身看向后面的男子，这一看，苏蔓心动了。

眼前的男子也太出众了。他大约二十七八岁，光洁白皙的脸庞，一双深邃的眼睛清澈无比，整个人看起来好像有点狂野不羁，但不经意间流露出的神态却又那么亲切动人。这不正是自己心中的白马王子吗？

看见眼前的美女审视着自己，男子轻轻地笑了一下，风趣地说：“大恩不言谢，走啦！”说完，大踏步地往前走去。

苏蔓反应过来，急忙去追赶那男子，一边追还一边喊着：“你还没有告诉我你的名字呢！”怎奈，她穿着高跟鞋走路实在不方便，不一会儿，男子便淹没在人群里了。苏蔓有些气馁地嘀咕着：“下次遇到你，我一定不会再让你逃走了。”

二

苏蔓大学刚毕业，一家文化公司向她递来了橄榄枝，还有几天就要正式工作了。趁着空闲，她这才想起去西湖游玩，没想到遇到了心中的白马王子。

可是，令苏蔓沮丧的是，那么大的杭州城，和那个人再次相遇的机率很低，几乎是不可能的事情。所以，那个男子不过在她脑海里盘旋了几日，就被她抛诸脑后了，因为接下来她将以崭新的姿态迎接人生中的第一份工作。

彼时，正是八月丹桂飘香的时节，她穿着一身精致的职业裙装，面带微笑来到公司报到。刚走进公司，身后的大门又自动关闭时，突然她发出一声凄厉的惨叫。原来，苏蔓的长头发不小心被夹在了门缝里。这时，身后的一名男子急忙打开门。苏蔓赶紧扭头道谢，这一转身，却看到了一张熟悉的脸庞，她整个人立刻愣住了。

男子这时似乎也认出了她，嘴里嘀咕着："怎么又是你？"醒悟过来的苏蔓立刻尖叫起来："天呐！真的是你！"男子却无心理会她，准备转身离去。苏蔓哪里肯放他走，一把拽住他的胳膊，说："我好不容易又遇到你，这次我无论如何也不会放你走了。"男子说："你想怎样？"苏蔓说："我想认识你呀！"男子说："没必要！你放我走吧！"苏蔓突然像想起什么似的说："对了，你不会和我一样也刚应聘到这家公司吧！"男子没有回答她，而是用力挣脱，转身向公司里面走去，有几个围观的人也开始叽叽喳喳地散去。

三

当人事部经理带着苏蔓来到她所在的设计部时，苏蔓一眼就看到了陈宇和刚才在公司门口围观的几个人，他们好像正在开会。这时，人事部经理介绍说："这是新来的员工苏蔓，以后请大家互相关照。"介绍完后，人事经理又指着陈宇对苏蔓说："这是陈宇，你们设计部的经理，也就是你的上司。"说完，人事部经理便告辞走了，留下呆呆的苏蔓半天没缓过神来。苏蔓不知道是什么时候散会的，只听到陈宇说："苏蔓，你跟我到办公室里来。"

苏蔓既紧张又兴奋地来到陈宇的办公室，一进门，就被陈宇训话道："以后在公司里要服从管理，遵守公司制度，除了工作，不要拉拉扯扯的，知道了吗？"苏蔓说："哦！知道了。"陈宇说："好了，没什么事你可以去工作了。”苏蔓说：“我有事。”陈宇说：“那你说。”苏蔓有点怯怯地说：“陈经理，你帮过我两次，下班后，我可以请你吃饭吗？”陈宇斩钉截铁地说：“不可以。”苏蔓便嘟着嘴出去了。

苏蔓的办公桌在设计部的一个角落里，但她依然能通过透明窗户看到办公室里的陈宇。每天工作乏了、累了，苏蔓就会看着玻璃窗后的陈宇发上一阵呆。尽管陈宇对她一直很冷淡，除了工作上的事情，几乎和她没有什么交流，但苏蔓依然觉得，只要每天能看到他，就心满意足了。

在设计部里，苏蔓有时候会悄无声息地给陈宇送上一杯水，有时候还会偷偷买上一份外卖放他办公室里。久而久之，不仅设计部的员工，连整个公司的人，几乎都知道有个傻丫头在暗恋陈宇。

苏蔓才不管这些闲言碎语呢，依然我行我素，因为她相信，总有一天陈宇会对她敞开心扉的。

四

这一天一直没有到来。倒是有一天，苏蔓下班后走到公司门口，看到一个打扮入时的女子站在那里。看到她出来，女子上前一步问道：“你就是苏蔓？”苏蔓瞪着两只大眼睛说：“对，我就是苏蔓，请问你找我有什么事情吗？”女子有点挑衅地说：“那我就不拐弯抹角了，听说你一直暗恋陈宇，醒醒吧，别做梦了，我才是陈宇的正牌女友，我们在一起已经两年多了。”听了女子的话，苏蔓有片刻的恍惚，难怪陈宇一直对她不冷不热，原来是已经有女朋友了啊。

其实她早该想到的，陈宇那么优秀的男子，怎么会没有女孩子喜欢呢！苏蔓镇定了一下，本来想说：“对不起，我不知道他有女朋友”，可是，从她嘴里说出来的话却是:“你是他女朋友又怎样？只要你们一天不结婚，我就有追求陈宇的权利。”说完，仰着头高傲地走了，身后只传来一声：“你……”

苏蔓在潇洒转身的那一刻，眼泪已掉落下来，她没有回家，而是独自一个人来到一家小酒馆。苏蔓把自己灌醉后，给陈宇打了个电话，她说:“陈宇，我还有希望吗？”陈宇沉默了许久才告诉她:“苏蔓，听着，你是个好女孩，你一定会找到一个比我更好的男朋友。”陈宇的话，似乎让她死了心。

放下电话，苏蔓做了一个决定。前一段时间，一位要好的大学同学为她举荐了一家前景很好的公司，因为陈宇，苏蔓一直迟迟没有给予答复。这一刻，她决定跳槽。

第二天，苏蔓将辞职信交给了陈宇，陈宇并没有挽留她。

五

苏蔓本以为，从此以后她与陈宇再无瓜葛。谁知，那天她去逛街，却迎面遇到了在设计部工作的小李。小李看到她，神色忧伤地对她说:“苏蔓，你知道吗？陈宇出了车祸，而且很可能再也站不起来了。”那一刻，苏蔓差点晕倒，她捂着胸口焦急地问小李:“陈宇现在在哪家医院？”

苏蔓赶到医院时，陈宇闭着眼睛静静地躺在洁白的床单上，她用手轻轻地帮他掖了下被角。这时，陈宇醒了，看到面前的苏蔓，立刻情绪有点波动，说:“你怎么来了？”苏蔓安慰他说:“别说话，安心养伤。”陈宇变得恼怒起来，说:“你走，你给我走，我不想看到你。”看到他情绪那么激动，苏蔓连忙知趣地离开了房间，眼泪却再也控制不住地掉下来。

其实来之前，小李把陈宇的遭遇都悉数告诉了她。那天，陈宇开车行驶在上班的路上，突然，从路边窜出来一条流浪狗，陈宇为了躲避这条狗，他猛打方向盘，不想却撞到路边的一棵树。当时陈宇的伤势很严重，送到医院时，医生下了可能将终身瘫痪的通知书。而陈宇那个漂亮的女友，在照顾了陈宇十几天，感觉他恢复无望后，便再也没有来过医院。

苏蔓气不过，便找到了陈宇的女朋友，开口就问："请问，你男朋友还要吗？"陈宇的女朋友阴阳怪气地说："我还年轻，可不想跟他这么个残疾人过一辈子。你不是很爱陈宇吗？我让给你好了，好好表现吧！"说完，那女人理直气壮地走了。

苏蔓回去后，先去单位办理了请假手续，然后回家拿上自己的衣物和洗漱用品，这才来到了医院。

六

起初，陈宇无论如何不接受苏蔓，他喊着："你走，我不需要你的同情和怜悯。"然后，把苏蔓的东西扔了一地。苏蔓哭着跑了出去，等哭够了，再回去一点一点地收拾。

有一次，陈宇又对着苏蔓发脾气："别人躲我还来不及，你却一心要来照顾我，你的脑子是坏掉了吗？"苏蔓说："我喜欢你，我就是要照顾你一辈子。"陈宇立刻咆哮起来："你这个傻子，赶紧走开，不要再出现在我面前。"那天，他们的吵闹声正好被主治医生听到，医生微笑着对苏蔓说："你先出去，我来做陈宇的思想工作，请相信我。"

苏蔓真有点佩服主治医生，也不知他施了什么魔法，从此以后，陈宇简直就像变了一个人，不再对苏蔓大吼大叫，而是变得温柔可亲起来。

每次看到苏蔓为他忙碌，他都会心疼地为她擦汗，然后深情地望着她。有时候，苏蔓要出去办点事，陈宇便做出一副依依不舍的样子，让苏蔓很有一种被依赖的感觉。

转眼，陈宇住院有三个多月了，医生通知他可以出院静养了。于是，苏蔓为陈宇办理了出院手续。

这一天，风轻云淡，阳光明媚，苏蔓用轮椅推着陈宇走出了医院大门，却看到门口站着一大堆人，不仅有主治医生、陈宇的朋友，还有陈宇单位的同事们。

看到他俩出来，同事小李捧着一大束花急忙交给了陈宇，然后，奇迹的一幕便发生了。只见陈宇缓缓从轮椅上站了起来，转身对苏蔓说："苏蔓，你愿意嫁给我吗？"苏蔓被眼前的一幕彻底惊呆了，下意识地说："我愿意，我愿意！"一边把眼光转向了主治医生，那眼光仿佛在问：这一切到底怎么回事？

原来，陈宇刚被送到医院时，病情确实很严重，他的腰椎骨断裂，也确实存在着下肢瘫痪的危险。但经过一段时间的治疗，陈宇恢复得非常好，再加上后来医生背着苏蔓为陈宇做康复治疗，他终于可以站起来了。她的前女友没有经受住爱情的考验，离开了他。而苏蔓这个善良的姑娘，却用真爱赢得了一份美好的爱情。

有一件温暖的事，叫陪你吃饭

一

冯璐和陈深第一次相遇是在一辆公交车上。那天，因为机动车限号，冯璐急匆匆去赶公交车，上车后才发现，自己居然没有带钱包。冯璐正尴尬得不知所措，这时，身后传来一个磁性的声音："这位小姐的票我一起买了。"冯璐回头，正对上一双亮闪闪的眼睛，那双眼睛是那样清澈、明亮，冯璐仿佛觉得自己顷刻间便被淹没在了一汪深潭里。

她发觉自己有些失态，便立刻红了脸。停顿了片刻，冯璐对面前的男子说："谢谢你！"男子满脸笑意地说："不客气。"冯璐接着又对男子说："请留下你的联系方式，我日后好还你钱。"这时，男子的笑意更浓了，说："不过区区两元钱，真的不必了。好了，下一站我就该下车了，再见！"说完，男子走向了后车门，不一会儿到站后便下了车。下车后，他不忘跟车上的冯璐挥了挥手。

从那以后，冯璐的眼前一直浮现着那男子好看的眼睛和他温暖的笑容。她甚至为了再次遇见他，连续坐了半个月的公交车。冯璐甚至开始懊恼，为什么那天不坚持索要男子的联系方式，以至于害得她每天魂不守舍。或许，这辈子，自己再也不会遇不到他了。

二

可生活总是充满了变数和惊喜。那天，冯璐和单位同事一起去逛街，老远就看到她的中学同学李玟和身边一个同事一边说着话一边从一家商场走出来，她的身后还跟着一个熟悉的身影，她定睛一看，真是“踏破铁鞋无觅处，得来全不费功夫”，这不就是那个为自己垫付车票钱的男子吗？冯璐立刻兴奋起来，急忙拉起同事的手向着李玟他们飞奔而去，可就在即将走到他们跟前时，却看到他们几个人转身进了路边的一辆车里，然后一溜烟地开走了。

不过，有什么关系呢？有了李玟这层关系，还怕找不到那男子吗？

冯璐回家后，几乎第一时间就给自己的老同学打了电话。在寒暄了几句后，她便直奔主题，开始打听那天和李玟他们在一起的那名男子的情况。她的说辞是，她的同事姐妹一眼就喜欢上了他，想知道他有没有女朋友，喜欢什么样的女孩子。

从李玟的口中，冯璐知道了男子的很多信息。他叫陈深，二十八岁，未婚，喜欢温柔、善良且体态丰腴的美女，与李玟同在一家公司做市场调研。那天，他们就是去做市场调查，所以才与冯璐碰巧相遇。

同学的一番话，让冯璐“扑哧”笑出了声，真是“萝卜青菜，各有所爱”。只听说过男子都喜欢窈窕淑女，但像这种喜欢丰腴女子的人也不在少数，就像唐明皇喜欢杨贵妃。虽然自己身材纤细，好在，她的“同室”好友陈羽凡有着一流的拿手厨艺。据说，陈羽凡还在十几岁的时候，就受母亲的言传身教，做得一手好菜，美其名曰是为了日后生活的幸福指数。所以，靠着陈羽凡这一手好厨艺，冯璐有理由相信，用不了多久自己就会丰腴起来，当然也会得到陈深的垂爱。

三

说起这位男室友陈羽凡的由来，那是在前年，刚刚大学毕业的冯璐，只身来到了这座城市打拼。她是在一个微信群里看到那一则招租信息。那是一套三室一厅，已经分别住进了一名男子和一名女子。因为考虑到价格和通勤路程，冯璐便果断地加入其中。

住在一起的日子，两个女生一般都不吃晚饭，只吃些时令水果。那时候，合租房子的男子陈羽凡总是做一小锅香喷喷的饭菜，问她俩要不要吃，两个女生便会大吵着说：“陈羽凡，你想害我们吃成大胖子吗？”陈羽凡只好摇摇头叹息着说：“这世上，唯有美食不可辜负，你们俩没有口福。”然后，就开始夸张地大吃起来。看到他吃得津津有味，两个女生便急忙闪进各自的卧室。

所以，三个人一起相处时，他们一直彼此保持着距离，但关系还算融洽。直到一年前，另一个女生换了工作，搬出他们的出租屋。

本来，他们还要再招租一名房客，结果打电话过来的都是男生。考虑到对冯璐的生活有诸多不便，那时，陈羽凡又正好加了薪，便担负了另一个不存的房客的租金。他说，他喜欢安静，这让冯璐一度很感动。

后来，看冯璐每天上下班忙忙碌碌的，而且身体越来越消瘦，陈羽凡便多次邀请她入伙吃饭，当然饭由陈羽凡来做。但冯璐怕吃胖，还是拒绝了。

没想到，如今，冯璐却主动提出入伙吃饭增肥，这自然让陈羽凡很开心。为此，陈羽凡制订了专门的饮食计划，还督促她要早睡早起，远离手机少熬夜，这样才能尽快达到增肥的效果。

为了冯璐的计划，陈羽凡几乎使出了自己的浑身解数，每天变着花样给冯璐做菜。早晨，豆浆、肉沫、营养粥，晚上，更是荤素搭配，色香味俱全，一星期都不重样，而且美味可口。有那么一刻，冯璐觉得有了一种家的感觉：原来人世间有一种温暖的事，就是有人陪你一起吃饭。

四

在陈羽凡的美食攻略下，两个月后，冯璐成功增肥。丰润起来的冯璐，满脸的胶原蛋白，她的肤色就像洁白的瓷器一样泛着光泽，她的体态则显露出凸凹有致的丰姿。看着镜子里面颇具女人味的自己，冯璐对陈羽凡充满感激。于是，她选了本市一家最好的酒店请他吃饭。

那天，她和陈羽凡来到酒店，找到一个靠窗的位置刚刚坐定，一抬头却发现，在大厅的左前方，身材苗条的李玟和陈深坐在一个角落里。陈深正深情款款地望着她，间或说些什么，逗得对面的李玟咯咯地笑个不停。

这边的冯璐越看越觉得他们两人关系暧昧，所以冯璐那顿饭吃得有点心不在焉。吃到一半的时候，冯璐看到李玟上卫生间，也便跟着她去了。李玟一看到她就格外欣喜地说："好巧啊，原来你也在这里。"冯璐装作很随意地说："是啊！你和陈深不会又是因为工作关系才在一起吃饭的吧！"李玟开心地说："不妨告诉你吧，陈深已经正式成为我的男朋友了。回去告诉你的同事姐妹别再惦记他了。”冯璐望着李玟那不盈一握的腰肢，心有不甘地说：“你不是说他喜欢身材丰腴的女子吗？怎么又变了口味？”李玟说：“对啊！以前，他总说我太瘦了，希望我能够胖一点，所以我才说他喜欢丰腴的女子。其实呢，喜欢一个人又怎么会在意对方的胖瘦，不是吗？”说完，她不忘跟冯璐眨了眨眼睛。

从卫生间回到餐桌前，冯璐就像变了一个人，情绪开始变得低落，陈羽凡以为她不舒服，就和她早早地一起回家了。

五

第二天，陈羽凡做好了早餐，冯璐没有吃，魂不守舍地出了门。冯璐从车库取了车，正准备开走时，陈羽凡拦住了她，说：“冯璐，你今天情绪不对劲，我不能让你开车。这样好了，我来送你上班。”冯璐说：“我们不顺路，你会迟到的。”陈羽凡说：“我已经请了假，今天专门送你。”冯璐说：“你会被扣奖金的，值吗？”陈羽凡反问道：“奖金与你的安全，哪个更值呢？”

冯璐一时无语，停顿了一会儿，说：“你为什么对我这么好？可是，你知道我为什么难过吗？因为我暗恋的人说他喜欢丰腴的女人，我为了他而增肥，可是现在他有了女朋友，而他的女朋友却非常苗条。我不明白，这到底为什么？”说完这些话，冯璐本以为陈羽凡会嘲笑自己，没想到陈羽凡却答非所问地说：“冯璐，你听着，你可以为暗恋的人而减肥，我也可以为我喜欢的姑娘每天做上一粥一饭。我不管她瘦还是胖，只要她健康快乐，我就心满意足。只是，你愿意给我这样一个机会吗？”

说完，陈羽凡目不转睛地看着冯璐，那一双亮闪闪的眼睛，是那样清澈、明亮，充满了热切的期待。冯璐被这个一直以来像邻家哥哥一样精心照顾自己的男子彻底震惊了。震惊过后，她突然发现，原来陈羽凡的眼睛是那样好看，原来，最好的爱情就摆在自己面前。

香辣虾的爱情诱惑

一

龙口是一座美丽的海滨小城，这里碧海蓝天，绿树成荫，风光秀丽。尤其九月，正是开海的时候，虾肥蟹美，价格也很优惠。

夏可欣经不住虾的诱惑，跑到海鲜市场，转了好几个摊位，才决定在一个摊位前买下那些鲜美的大虾。哎！谁让自己喜欢吃虾，尤其对香辣虾情有独钟呢！正准备买虾时，一名大男孩看都没看，上前就对商贩说，这些虾他都要了。这下可把夏可欣气坏了，她立刻拦住那名大男孩说："臭小子，你抢劫啊，还有王法吗？"那大男孩说："我就算抢走了你的虾，哪条法律能说我犯法了？"

这么强词夺理的话都说得出来，夏可欣简直气坏了。正准备与大男孩理论，那大男孩却扭过脸来得意地笑着。这时夏可欣对上了大男孩的目光，刹那间，时间仿佛凝固了一般，接着便传来夏可欣的一声尖叫："啊！李海洋！"

李海洋伸出手来摸着夏可欣的头说:“傻丫头，还是这么喜欢吃虾啊!”夏可欣挥起拳头，照着李海洋的胸口就是轻轻一拳，说:“这些年你都去哪儿了？你还知道回来啊!”

二

夏可欣上大一时，李海洋已经上大三了。那时候，他们俩同在龙口南山读大学。其实算起来，他们都是海滨小城里长大的孩子。

李海洋勤工俭学，每到周末，就会抄起家什到海边码头去卖香辣虾。

香辣虾因为味道麻辣鲜美，诱惑了一大批美食爱好者。李海洋做出来的香辣虾，不仅味美，而且色泽红润鲜艳，诱惑着全校的女生。

李海洋还有一个令全校女生着迷的原因，那就是他长得很帅。他皮肤白皙，眼睛细长，个子瘦高，一副玉树临风的样子。而且每到周末出摊时，他都会穿上一身黑色的工作服，戴着黑色的厨师帽，实在太帅了。

因此，每到周末，夏可欣就会随着学校的女生们到海边码头去吃李海洋的香辣虾，更多的是为了瞧一眼李海洋。

李海洋就像一位表演大师一样，动作娴熟地用剪子将虾须、虾枪剪掉，开背将虾线去除，用料酒和盐腌制片刻，锅中放入足够多的油，烧至七成热的时候放入虾，再放入大蒜片、辣椒段、姜片烧香，快出锅时加入生抽、糖、鸡精、盐和香葱段等炒匀，然后，一锅香喷喷的香辣虾就做好了。

夏可欣深深地迷恋上了李海洋的香辣虾，也迷恋上了李海洋本人。只是，那么多人去吃香辣虾，李海洋忙着翻炒、卖虾，哪里顾得上瞧一眼一往情深的她。

三

怎么办？为了和李海洋尽快熟络起来，夏可欣只好期待在校园里和李海洋偶遇。

机会终于来了。那天，在学校上完晚自习，因为晚出来一刻钟，出来的时候人已经走得差不多了。这时，夏可欣突然眼前一亮，她看到李海洋恰巧也独自一人往宿舍走去，她心里不免一阵狂喜。她急忙走近李海洋，装出一副可怜的样子说："学长，我一个人回宿舍有点怕，你能送我回去吗？"李海洋看了她一眼，温和地笑了，说："你们女孩子就是胆小，好吧！我送你回去。"停顿了一下，他又问，"对了，你在大几宿舍？"

一听到李海洋答应送她回宿舍，她开心极了，之前准备好的与李海洋偶遇后所有的台词也都忘记了，答非所问地说："我叫夏可欣。"话音一落，李海洋嘴角的笑意便更深了。

那一晚，夏可欣的心是慌乱的，也是愉快的，她一心想做李海洋的女朋友。

还好，那晚的夏可欣没有被喜悦冲昏头脑，分开时，夏可欣没忘和李海洋约定好下一次见面的时间、地点，因为她现在有充足的理由请李海洋吃饭，以感谢李海洋的护送之情。

四

终于等到了这一天。可是，不知道夏可欣这傻丫头怎么想的，她请李海洋吃饭，居然吃的还是香辣虾。和李海洋在一起讨论的也是各种虾的吃法和做法。后来，李海洋又回请夏可欣，问她想吃什么，夏可欣依然说想吃香辣虾。

夏可欣觉得很沮丧，她怀疑自己情商很低：和李海洋在一起除了虾，似乎就没有别的话题，导致他们的关系也一直停留在同学的层面。

其间，有传闻说，李海洋和一名女生关系不一般，曾有人看到他们一起去电影院看电影，也有人看到他们一起吃过饭。而对于这些传闻，夏可欣也是半信半疑。

时间是个好东西，它可以带给你一些美好；时间也是个坏东西，它可以带走你身边最美好的好东西。就像夏可欣和李海洋，一转眼，夏可欣上了大三，而李海洋则要大学毕业离开学校了。

这些日子，夏可欣内心很挣扎：虽然李海洋和那个女生传出过绯闻，但毕竟李海洋没有公布自己的恋情。也就是说，她还有希望。

所以，她觉得到了向李海洋表白的时候了，不然就再也没有机会了。她决定去找李海洋，勇敢地向他袒露自己的心声。她要大声告诉李海洋，她想做他的女朋友。

五

夏可欣来到李海洋的宿舍找他，有同学告诉她，李海洋到校园里的小树林里去了，夏可欣便急忙跑向小树林。

就在她走进小树林时，隐隐约约看到李海洋正和一名女生在拉拉扯扯地不知干什么。于是，夏可欣便悄悄走近，只听那女生说：“这些钱我不要了，这些年你已经接济我不少了。”李海洋说：“说这话就见外了，咱们什么关系，乖，拿着。”

他们什么关系？难道是恋人关系？还冲那女生说“乖”，这关系肯定不一般。

夏可欣瞬间就像被雷击了一样，大脑里一片空白。等缓过神来，她扭头就往小树林外面跑，一边跑一边抹着眼泪，心里还在恨恨地埋怨着李海洋：你这个坏小子，居然脚踏两只船，明明有女朋友，却还来招惹自己。

不过，等心情平复了以后，夏可欣仔细一想，其实李海洋也并没有和自己有什么承诺，他们不过只是一般的同学而已，一直以来，是自己一直追着李海洋不放。

这时，她突然想起他们系曾先后有几个男同学向她表白过，只不过那时的她心里只有李海洋，所以她想都没想就拒绝了他们。既然李海洋有了女朋友，她也该死了这份心了。

于是，第二天，夏可欣便公开宣布了和一个男生的恋情。两个人在校园中招摇过市，她清楚地看到李海洋在一旁就那样定定地注视着他们。

六

夏可欣大学毕业后便选择了和男友分手，因为她不想欺骗男友，也不想欺骗自己。她始终忘不了李海洋，所以，她融不进这场虚假的感情闹剧。

毕业后，夏可欣没有像其他同学那样选择去其他城市发展，而是留在龙口，进了一家房地产公司。适逢龙口正在开发建设，她先是做了售楼小姐，每天滔滔不绝地向客户介绍房子，带着客户到处看房，其中的辛苦自不必说。好在有付出就有回报，凭着自己的努力拼搏和出色的工作能力，夏可欣连续三年拿到了公司售房第一的业绩，并升任售房部经理。

这几年，夏可欣也曾漫不经心地打听过李海洋的下落，有同学告诉她，李海洋去了广州，在一家公司发展得还不错。夏可欣便想，面对广州那座令人向往的美丽花城，李海洋肯定再也不想回到龙口这座小城市了，也许自己这辈子和李海洋也再无交集了。每每想到这些，她就会很难过。

可是，谁又能想到，夏可欣今天居然在海鲜市场与李海洋重逢了，她能不激动、能不尖叫吗？

七

夏可欣顾不上买虾，把李海洋拉到了一边，她迫不及待地问李海洋："这几年你还好吗？"李海洋回答说："挺好的。"夏可欣便立刻转入了正题，问李海洋："你女朋友呢？"李海洋告诉夏可欣说："我没有女朋友。"夏可欣不相信地问："那年和你在小树林里的那位女生呢？"李海洋这才恍然大悟地说："你误会了，那不是我女友，是我的表妹。"

原来，因为表妹家境不太好，这几年李海洋用周末卖香辣虾挣的钱接济表妹。当年在小树林里，李海洋和表妹拉拉扯扯时，他发现有人跑出了小树林，隐约看到是夏可欣的身影，便急忙追了出去，可追到她的宿舍也没有找到人。一直到第二天找到她时，她却和男友在校园中招摇过市。

本来，和夏可欣认识的这两年，他一直觉得夏可欣不过是个小妹妹，直到他毕业准备离开校园时，才恍然发现自己喜欢上了夏可欣。于是，他想好了在离校之前向夏可欣表白，却没想到她却误会了自己。

在广州这几年，因为一直想着夏可欣，尽管身边有那么多的女生喜欢他，但她们都没有走进他的心里。

误会解除了，李海洋郑重地对夏可欣说：“这次回来我就不走了，我加盟了一家店铺，准备在龙口发展了。我没有太多的钱，不能给你荣华富贵，你愿意做我的女朋友吗？”夏可欣开心地回答：“我愿意。”

李海洋拉起夏可欣的手，说：“走，买虾去，回去我给你做香辣虾。”

马小雨，我等这一天已经很久了

一

十九岁，马小雨如愿考上了北方的一所大学。

那天是新生报到的日子，马小雨拖着偌大的行李箱走在大学校园里。突然，从背后传来一个好听的声音："这位同学，我帮你拖吧！"说着，声音的主人便跨前一步，从马小雨手里接过了行李箱。那个声音接着又说道："对了，我叫张良良，比你早来一天。"

马小雨抬头看向张良良时，她的心哗啦一下，仿佛有一道明晃晃的阳光照进来。眼前的男生，虽不至于英俊得无人可比，却也有种让人恍惚的感觉。他有一双深邃而又明亮的眼睛、纤细而修长的身躯，穿着一件浅蓝细格的衬衣、一条藏蓝色长裤，简洁中略带华美。

张良良站在那里，像极了春天的一棵树。马小雨觉得，这是她十九年以来遇到的最让自己心动的男生！

被马小雨盯得久了，张良良有点不好意思起来，说："这位同学，咱们该走了。"马小雨这才缓过神儿来，回了句："好的。"突然就不知道该说什么了。

还是张良良打破了沉默，说："这位同学，你……"话没说完，却被马小雨把话截了过去："本同学名叫马小雨好不好？"然后两个人相视一笑。

二

马小雨和张良良并不在一个系，他们再次见面是一个星期以后。那天，马小雨去图书馆借书，出来时迎面碰到了张良良。

张良良一看到马小雨，便走上前去，说："这几天刚入学有点忙，所以没来得及去找你。"马小雨故意说："你找我干什么？"张良良的脸唰地一下就红了，嗫嚅着说："这几天我脑海里总是浮现你的影子，我好像喜欢上你了，那个，你……愿意不愿意做我的女朋友？"这下马小雨再也不想矜持下去了，急忙回答说："我愿意！我愿意！"然后，两颗年轻的心自然而然地走到了一起。

走到一起后，他们才惊喜地发现，原来他们不仅来自同一个小城，而且两个人的住处只隔着一条街，这真是天大的缘分。

自此，张良良对马小雨极尽宠溺。那时候，每天早晨马小雨走出宿舍门时，张良良总是准时递给马小雨一杯热腾腾的豆浆，外加一份煎饼果子或油条。如果遇到阴天下雨，不管马小雨在哪里，张良良总能适时地递上一把雨伞。为此，马小雨同宿舍的闺密徐亚静曾提出强烈抗议："你们天天在我面前秀恩爱，能不能考虑一下我这单身女子的感受？"

三

马小雨确实被张良良的宠溺甜到了。尤其那次，马小雨去校外图书馆借书，回来的路上突然狂风大作，紧跟着就是大雨滂沱。

马小雨正躲在一个屋角下避雨，突然就看到一个熟悉的身影在大雨中艰难地走过来，她便冲着雨中大喊道：“张良良，你这个傻子，下这么大雨你来干吗？”张良良看到她，立刻笑嘻嘻地说：“我来给你送伞啊！”马小雨嗔怪道：“你就不能等雨小些后再来吗？”张良良一本正经地说：“那可不成，你一个人在路上，万一有危险怎么办？”马小雨冲他吼道：“那万一你在来的路上遭遇危险呢？”张良良说：“不会的，我是男生。再说，男朋友本来就是用来保护女朋友的……”话没说完，马小雨早已被感动得泪流满面。

作家雪小禅说过这样一段话：“如果真爱一个人，就不会让她一个人身处困境。如果爱她，让她多等一秒都是心疼。”这或许就是最好的爱情吧！

这样美好的爱情，让马小雨一度感叹：人生小半，爱上一个人或者被一个人所爱，是一件多么幸福的事情。

四

转眼到了 2015 年，这一年他们大学毕业，同学们都开始规划各自的未来。张良良和马小雨商量好了，他们准备毕业后回到家乡，各自找一份安逸的工作，然后结婚生子。

六月，本来他们领到了毕业证可以双双回家了，可是老师找到他们，说他们夫妻即将去国外进修两个月，问他们愿不愿意帮忙照顾一下孩子，顺便看家。张良良和马小雨几乎不假思索就答应了老师的请求。

然而，那年的八月，他们所就读的城市发生了一起震惊世人的爆炸案。

在抢救国家财产的过程中有一百六十五人遇难，其中包括参与救援的公安消防人员二十四人、港口消防人员七十五人……这让张良良对消防救援人员有了一种崇敬的心情。

眼见着一个个鲜活的生命就那样逝去，心痛之余，一种强烈的责任感和使命感在张良良的内心油然而生。是的，他的心里已经有了一个决定。他决定放弃家乡安逸的工作，报名当一名消防战士，去完成那些牺牲的战士没有完成的心愿。

当张良良将这个决定告诉马小雨时，马小雨先是沉默，而后对张良良说："你可以报效祖国，可是，你走了，留下我一个人怎么办？"张良良安慰她说："乖，你在家等我两年，两年后我一定回来守护你，再也不分开。"

五

分别后的日子，虽然他们空闲的时候会打打电话、发发微信，却也难解马小雨的相思之苦。每当看到身边的情侣在一起卿卿我我，她就会感到无比孤单和落寞。

2018 年年初，公司一位副总的儿子来到马小雨所在的部门实习，他洒脱帅气的外表，不知道让公司多少女同事心生爱慕，可他偏偏对马小雨情有独钟。

有一次追到她无路可退时，马小雨大声对他说："时晓凡，你听着，我有男朋友了，而且他很爱我，明白了吗？"时晓凡不恼不怒地说："你有男朋友，我知道啊！可他为什么不在你身边呢？所以守护你的人只能是我啊！"

为了躲避时晓凡对她的追求，马小雨打点行装来到了张良良所在的消防部队。找到了张良良，她说：“还记得你当初的承诺吗？你说两年后一定回来守护我再也不分开，可你现在已经当兵快三年了，这次总该跟我回去了吧？”张良良面露愧疚地说：“小雨，你听我说，目前消防部队正处于改制时期，公安消防人员已经全部退出现役，现在是最需要人的时候。所以，目前我还不能跟你回去，再给我一段时间好吗？相信我一定会回到你身边的。”马小雨想要争辩什么，突然，刺耳的警笛声响起，张良良连一声招呼都没来得及打就转身跑走了。

等张良良再回到消防队时，马小雨已经走了，只在微信里给他留下了一封长长的分手信。

六

对于马小雨来说，在她等待爱情多年无果后，有一个人锲而不舍地追求她，而且家庭条件十分优渥，让她很难做到不接受他。于是，马小雨和时晓凡在一起了。

但和时晓凡在一起后，马小雨才发现这场恋爱谈得有点让人心灰意冷。

时晓凡是公子哥，他不会给马小雨买早餐；遇到下雨天，他也不会想起给马小雨送雨伞；两个人在一起有时意见不统一，时晓凡也不会像张良良那样妥协说“好，听你的”，而是自己说了算。

一次，马小雨和几个女同事下班后去逛街，逛完街后天色已经很晚了，同事们各自回家。马小雨给时晓凡打电话说：“你开车来接我回家吧！”时晓凡说：“打个车回家多方便，干吗要折腾我。”

恋爱谈到半年的时候，终于发展不下去了，马小雨提出了分手。时晓凡好像也没有过多坚持，这场恋爱便戛然而止了。

兜兜转转中，马小雨想起了和张良良在一起的点点滴滴，想起了他给她剥虾，带她去吃炒年糕，和她一起去淘宝城抓玩具娃娃……

马小雨已经好久没有听到张良良的消息了。

七

和时晓凡分手一段时间后，有一天，马小雨的闺密徐雅静找到了她，说："马小雨，是不是没有比较就没有伤害？现在你知道谁对你是真心好了吧？可惜你却弄丢了他。"看到双眼噙满了泪花的马小雨，徐雅静接着说，"还好，你运气好，听说张良良回来探亲了，家里正准备给他安排相亲呢！所以这次你可要好好把握机会，大不了你去他的工作单位上班就是了。"

分手后的马小雨正准备从原来的公司辞职呢！听闺密这么一说，倒是很合她的心意。像是突然有了勇气，她一口气穿过一条街，跑到张良良家门口给他发消息说："张良良，我在你家楼下，我想见你。"张良良几乎是秒回，说："好的，我马上下去。"

可张良良下楼时，身边却多了一个年轻美丽的姑娘。那姑娘挽着张良良的胳膊，两个人有说有笑。马小雨突然就明白了什么，转身拔腿就跑。

张良良几步追上，一把抓住她说："马小雨，你跑什么跑啊？"看马小雨紧张地盯着那姑娘，他便笑着说："对了，给你介绍一下，她是我表妹。"

马小雨一颗紧绷的心这才放松了下来，然后嗫嚅着说："张良良，那个，我们……还能重新开始吗？"

张良良立刻喜上眉梢，说："马小雨，我等这一天已经很久了。我们……重新开始吧！"

蓝小兰的爱情波澜

一

这几天，公司上上下下传得沸沸扬扬，说蓝小兰傍上了公司董事长。有人曾亲眼看见蓝小兰在董事长办公室里，搂着董事长的脖子撒娇！

蓝小兰是刚留学回来的高材生，上班不到两个月，就在董事长身边做了文秘。有人说她是靠美貌上位的；也有人说，她毕竟留过学，真本事还是有的。

真本事有没有暂且不说，但蓝小兰是真的很漂亮。她肌肤如玉，美目流盼，一颦一笑间流露出一种说不出的韵致。她的到来，自然引起了公司上下一阵波动，尤其是单身的小伙子们，一个个蠢蠢欲动，向蓝小兰展开了猛烈的攻势。那个家境不错的帅气男小张，为了追求蓝小兰，买了九十九朵玫瑰，制造了一场浪漫的表白，可惜的是，表白以失败告终；那个大家公认机智的小李，为了追蓝小兰，专门设计了几场浪漫的偶遇，怎奈蓝小兰不解风情；公司里那个高冷帅哥小蔡，也放下架子对蓝小兰俯首帖耳，可蓝小兰依然无动于衷。

蓝小兰就像一位高傲的公主，高不可攀。于是，大家议论纷纷：蓝小兰到底喜欢什么样的男子呢？

其实，在公司这些小伙子中，唯有一人不为蓝小兰所动，他就是公司计划营销部的李明轩。

二

其实，李明轩长得倒也算是仪表堂堂，只因那年李明轩的父母出了车祸，父亲当场死亡，母亲落下了残疾，他一连谈了几个女朋友，对方一听说他的家庭情况，全都吓跑了。

他的第一个女友是在大学里认识的，那女孩家境不错，看上了他俊朗的外表。那时候的李明轩，想必对那女孩也是爱慕的吧，两人一拍即合，成了校园恋人。

可是，在相处期间，李明轩总是流露出自卑的神情。在女孩的再三追问下，李明轩道出了自己家境贫寒的真相。女孩说："贫穷有什么关系？只要我们今后共同努力，一切都会好起来的。"女孩的话，让李明轩分外感动，从此分外珍惜和女孩在一起的时光，一直到大学毕业，李明轩带女孩回家。

来到李明轩的家里，女孩简直惊呆了。面对低矮破旧的房屋以及李明轩母亲苍白的头发和残疾的身躯，女孩在惊愕之余转身离开了，从此和李明轩再也没有联系。

工作后的李明轩，用了很长时间才从上一段恋情的阴影中走出来。再有人给李明轩介绍女友时，他总是直截了当地告诉对方自己家境贫寒、母亲残疾，结果女孩们都逃之夭夭。

三

漂亮的女孩，自然谁都喜欢，可李明轩哪里有喜欢蓝小兰的资格。所以，对于蓝小兰，他只能选择视而不见。

可是，令所有人大跌眼镜的是，被公司里那么多年轻人虎视眈眈的蓝小兰，竟然喜欢上了计划营销部的李明轩。

原因很简单，那天，蓝小兰去计划营销部送资料，那个设计浪漫偶遇的小李心有不甘地问蓝小兰：“你到底喜欢什么样的男子？”蓝小兰微微一笑，指着坐在办公桌前的李明轩说：“看到了吗？我就是喜欢像李明轩这样的，成熟、稳重、俊朗。”这赤裸裸的表白，不仅惊到了小李，也让李明轩震惊不已。

李明轩一下子涨红了脸，然后严肃地对蓝小兰说：“请不要乱开玩笑好吗？”蓝小兰回答说：“谁开玩笑了，我是认真的。”对于蓝小兰的话，李明轩一时不知所措。看着李明轩慌乱无助的样子，蓝小兰心里却乐开了花，临走时，她不忘对李明轩说：“诶！下班后咱们约会吧，我等你啊！”

李明轩哪敢和蓝小兰约会，没等到下班时间，李明轩就向领导请假，准备提前溜走。谁知，走到公司门口时，便见蓝小兰笑盈盈地等在那里。看到他出来，蓝小兰急忙向他招招手说：“李明轩，快上车。”李明轩犹豫了片刻，还是不自觉地上了蓝小兰的车。

四

坐在副驾驶位的李明轩，侧脸看着蓝小兰，怯怯地问她：“你当真喜欢我？”蓝小兰爽朗地回答说：“那当然。”李明轩接着问：“那你到底喜欢我什么呢？”蓝小兰说：“当然是你敏捷的身手、俊朗的外表和见义勇为的精神。”李明轩有点不解，俊朗也就算了，敏捷的身手和见义勇为是什么意思呢？于是，蓝小兰跟他讲起了一段往事。

八年前的一天晚上，那时候蓝小兰还是个高中生，平时住在学校里。有一天晚上，已经十点多了，她突然发现有本书忘在了家里，因为第二天上课要用这本书，她便跟门卫编了个理由，独自一人回家去了。

当她走到一个僻静处时，突然，身后有两个歹徒猛地向她扑了过来，把她拽到路边的一个小胡同里，不由分说就扒她的衣服，她一边奋力挣扎，一边大声呼喊着“救命”。就在千钧一发之际，一名男孩正好从这里路过，听到呼救声立刻冲了上去，赤手空拳打跑了两个歹徒，并将惊魂未定的蓝小兰一路护送到家门口。那晚，蓝小兰记住了男孩那张俊美的脸，却忘记留下男孩的联系方式。

后来，蓝小兰也曾多次到那一带寻找徘徊，却再也没有见到男孩的身影，直到两个月前来到这家公司，才遇上当年救她的男孩。

听完了这一切，李明轩惊讶地睁大了眼睛，喃喃自语道：“原来你就是那个女孩啊！”

五

那天，因为天黑，李明轩并没有看清女孩的脸，只是把她安全送到家后才放心地回家。可就算他救过她又怎样？面对自己的家境，那些女孩还不是对自己避之不及吗？

蓝小兰似乎看透了李明轩的心思，说："你的情况我都了解，一切都不是问题，只要我们在一起，日子总会越来越好的。"蓝小兰的话让李明轩感动得一塌糊涂，他还有什么理由拒绝她呢！

他们在一起的消息传遍了公司，公司所有的单身小伙子都羡慕李明轩好福气。而对于李明轩来说，这突如其来的爱情，就像中了五百万，总感觉有点不真实。所以，有次和蓝小兰约会时，他终于说出了那句压在心底的话："蓝小兰，你不会是为了报恩才喜欢我的吧？"蓝小兰当时就变了脸，生气地说："报恩的方式有多种，我没必要把自己搭上吧？"之后，李明轩再三向蓝小兰道歉，蓝小兰才原谅了他。

消除了所有的疑虑，两个人正式开启了恋爱模式，他们每天如影相随、如胶似漆、花前月下，一切看上去是那样的顺遂如意。

可是，公司里的人发现，他们二人恋爱仅仅才一个月，蓝小兰到底还是嫌贫爱富，这么快就搭上了董事长。

或许，幸福有时候就是这样，来得快也走得快。李明轩有种天塌下来的感觉。但他能责怪蓝小兰吗？虽然董事长已五十出头，但他可以让蓝小兰过上锦衣玉食的生活，自己又能给蓝小兰什么呢？接下来，他开始刻意疏远蓝小兰，当蓝小兰再找他约会时，他也是推三阻四。

六

蓝小兰终于发觉了公司里许多异样的眼光。她很纳闷，这到底是怎么回事呢？

这一天，她找到公司一位女员工，请她吃了一顿大餐，那员工才向她道出了实情。总之就是说她脚踏两只船。她听后笑得花枝乱颤，吓得那位女员工饭没吃完就溜之大吉了。

回家的路上，蓝小兰脑海中浮现了和董事长在一起的画面。

原来，那天下班后，董事长突然问起了她和李明轩的事情，蓝小兰如实向董事长汇报了他们谈恋爱的进展，并将八年前的遭遇一并告诉了董事长。李明轩的见义勇为得到了董事长的赞许，她和李明轩的爱情也得到了董事长的支持。蓝小兰高兴之下便搂了董事长的脖子。没想到一个经过的同事透过窗户正好看到这一幕，难怪招来了那些闲言碎语。

第二天，蓝小兰刚走进公司大门，便有人告诉她李明轩要辞职。她急忙来到李明轩的办公室，果然看到他正在收拾东西。蓝小兰走上前去，问李明轩："为什么要离开？"李明轩一边收拾东西一边回答说："或许我离开才是最好的结局。"蓝小兰这时情绪激动地说："明轩，你知道吗？我本来是要留在国外工作的，可两个月前我来公司时，正好在董事长的办公室里看到你来送材料。那时候我才知道，我一直苦苦寻找的你原来在这里。"李明轩依然头也不抬地说："那又怎么样？董事长是成功人士，而我什么也给不了你！"

蓝小兰诡异地笑出了声，撒娇似的将嘴巴贴到他耳边说："笨猪，你听好了，董事长是我爸！"

只听"啊"的一声，李明轩手里的东西落了一地。

可以没钱，但不能没爱

一

超市店庆搞活动，冯萱开车去购物。来到超市停车场，才看到这里没有空车位。这年头，车越来越多，想找个停车位真比找个老公都难。

冯萱开着自己的小车绕着停车场来来回回转悠了好几圈后，总算看到有一辆车开出了停车位。冯萱的脸上立刻绽开了笑容，于是，她急忙将车向前开出一小段，准备倒进空车位。

由于是新手，动作难免缓慢。这时，透过后视镜，冯萱看到一辆宝马车突然动作娴熟地一头拱进了那个停车位。冯萱那个气啊！自己好不容易找到的停车位，眼看着被别人抢走了，能不生气吗？她立刻下了车，双手掐腰，大有非吵一架不可的架势。

冯萱伸出一只手敲了两下宝马车的车窗，玻璃缓缓落下，没想到，却露出一张年轻帅气的脸。冯萱一下子就看呆了，僵在了那里。还是帅气男子打破了僵局，问："美女，有事吗？"冯萱缓过神来，有点结巴地说：

“你、你太欺负人了吧！我好不容易找到的车位，被你抢了去，还有没有个先来后到？”她说话时的语气明显有点底气不足。倒是帅气男子，听完她说的话，有点惊讶地说：“对不起，我以为你刚出了车位，准备走了呢！所以我才进来的，要不，我把车倒出来给你吧！”

他们两人正你一句我一句地说着，离他们不远处，正好又腾出来一个车位来，冯萱便说：“算了，我把车停到那边去。”便扭身上了自己的小车。

二

虽然宝马男长得很帅，但毕竟是陌生人，冯萱当然也不会将他放在心上，没几天就将这事忘记了。

话说冯萱，今年二十八岁，至今还没有男朋友。虽说现在车位不好找，找男朋友其实也有难度，尤其要想找个“高富帅”更是难上加难。眼看着身边最好的闺密都嫁了，冯萱却仍待字闺中。

其实，在亲朋好友的张罗下，冯萱已经相亲很多次了，怎奈她就是没感觉。感觉是个什么东西？她自己也说不清。

这天，冯萱的同事李姐神秘兮兮地对她说：“给你介绍个玉树临风的‘高富帅’怎么样？”冯萱的眼睛立刻就亮了，问：“真的假的？”李姐说：“当然是真的。我还能骗你不成？”冯萱疑惑地问：“我怎么觉得你眼神怪怪的，哪里不对！”李姐说：“哪里怪了，哪里不对了？你要是怀疑，那就算了。”冯萱急忙说：“别呀，李姐，我信你还不成吗？”之后，李姐就把约会地点告诉了冯萱。

冯萱心目中向往的对象就是“高富帅”。她和很多女孩一样，有很强的虚荣心。她找男朋友既要长得帅，也要有较好的物质条件保驾护航。

她觉得，如果男朋友是个“高富帅”，领出去不仅自己很有面子，而且别人也会夸赞她有眼光、好福气。

三

冯萱去了才知道，她相亲的对象不是别人，正是那天和她抢车位的宝马男。

一见面，冯萱就大呼：“怎么会是你？”宝马男却宠辱不惊地回答说：“可能是我们俩有缘分吧！”

姜潮，二十九岁，和冯萱年龄也很搭。冯萱是个很实际的人，又高又帅又有宝马车，这样的人打着灯笼都难找。再说，自己对姜潮的印象也不错，于是，她打起十二分的精神来，准备应对这美好的约会。

一番互动下来，冯萱觉得姜潮说话风趣幽默，待人也温和体贴。两个人在一起吃饭的时候，冯萱尽量保持矜持，而姜潮就会不时地给冯萱搛菜，这让冯萱觉得很暖心。

只是，他们从饭店出来的时候，姜潮换了一辆自行车。他拍了拍自己的“坐骑”，自嘲地说：“我的车还不错吧！既环保又健康。”

冯萱以为他在考验自己，忙说，其实她平时也不喜欢开车，她也喜欢骑自行车上下班：低碳环保，有益健康。

冯萱说的倒是实情。只是姜潮不知道的是，第一，冯萱上下班的路上老是堵车，开车还没有骑车快；第二，冯萱这样的上班族，面对日日飙升的油价，开车远不如骑自行车来得实惠。而就是这辆小车，也不过是姐姐换新车时淘汰给她的。

四

姜潮对冯萱的考验似乎没有结束的意思。出去吃饭，专拣花不了多少钱的小馆子，而且每次都是骑着他那辆自行车。吃完饭，还要对着那些账单没完没了地仔细看。

不过，这也不能怪姜潮考验自己吧！现在的女孩子，多数拜金，谁不想找一个爱自己而不是贪图钱财的人做老婆呢？电视剧里，那些高富帅不都是这样考验自己的女朋友吗？

用姜潮的话说，自己还年轻，正是创业的时期，完全没必要挥霍和浪费。这让冯萱心里暗喜，觉得自己真是拣到宝了：这样低调而又节俭的高富帅，一点都不张扬，也没有嫌弃自己是普通人家的孩子，真是璞玉难得。

于是，冯萱为了得到姜潮的好感使出了自己的浑身解数。她极力表现自己“得上得厅堂，下得厨房”，甚至还跑到图书馆买来许多书，令姜潮心生佩服，只叹自己好福分，遇到一个知书达理的好女子。

相识半年后，姜潮终于捧着一束玫瑰来向冯萱求婚。这下，冯萱有点不乐意了：哪里有这样考验人的，求婚也不买钻戒？想到这，冯萱说："姜潮，你也太小看人了吧，你开得起宝马，却送不起一枚戒指？"姜潮红着脸说："戒指我想之后补给你。我刚付了房子首付，每月还要还贷。另外，我哪里有什么宝马？那是借别人的车，我只有一辆自行车。这些我让李姐都告诉你了啊？难道你不知道吗？"

五

冯萱火冒三丈地找到李姐，一见面就问李姐："关于姜潮你到底隐瞒了什么？你为什么要骗我说姜潮是高富帅？"李姐镇定地反问冯萱："姜潮是不是又高又帅？"冯萱回答说："是。"李姐又问："姜潮是不是很爱你？"冯萱回答说："是。"李姐接着说："这不就得了。而你口口声声说要找个高富帅，人家会真心爱你吗？一个人可以没钱，但不能没有爱，这才是爱情的最高境界。"冯萱承认李姐说的不无道理，所以她的火气渐渐也消了。

但始终令冯萱疑惑的是，李姐给她介绍的姜潮，怎么那么巧就是她遇到的抢车位的宝马男呢？李姐听罢笑着说："这里面当然有点小'阴谋'，不过说起来太复杂了，你且听我细细道来。"

原来，李姐和姜潮的姐姐是上初高中时最要好的同学。那时候，李姐经常去姜潮家里玩，所以姜潮早就认识了她。那天李姐和冯萱一起出去办事情，正好被姜潮看到，他便托姐姐询问李姐冯萱有没有对象，因为他喜欢上了冯萱。

而李姐和冯萱的姐姐是大学时的同窗好友，李姐和冯萱又在同一个单位上班，冯萱的姐姐便多次委托李姐给冯萱介绍对象。怎奈冯萱仗着自己有一副好面孔，扬言一定要找个"高富帅"。

当李姐和冯萱的姐姐提起姜潮时，冯萱的姐姐说："我这个妹妹，明明是个普通人家的孩子，却偏偏想要攀高枝，可哪里有那么多的'高富帅'等着你？干脆，一不做二不休，我们来个顺水推舟，就说姜潮是个'高富帅'好了，让他们先培养感情，我可不想我这个妹妹过了三十岁还嫁不出去。"于是，就有了冯萱和姜潮的相亲。

而彼时的冯萱，其实也已爱上了姜潮。

六

那天下班后，天空突然下起了雨，冯萱被雨淋湿后，生病感冒了。姜潮急忙赶了过来，看着病床上的冯萱，脸上写满了关切。他嗔怪地对冯萱说："你怎么也不知道避避雨，病了，你难受，我看着也难受。"

姜潮看着冯萱吃下了药，又为冯萱准备了一碗热腾腾的姜糖水，他说："乖，喝下去冒冒汗，就会驱走身上的寒气，再睡一觉就会好起来的。"

姜潮果然说得没错，等冯萱睡了一觉醒来，立刻感觉浑身轻松了不少。醒来后，冯萱发现姜潮还守在她身边没有走，眼泪一下子就流了下来。姜潮急忙帮她擦眼泪，说："乖，别哭了，之前是我考虑不周，求婚没有给你买钻戒，这个仪式感绝不该忽略。"说着，他从口袋里拿出一个盒子递给了冯萱，说："你看，钻戒买来了。虽然我现在不够富裕，但我还年轻，相信我，面包会有的，宝马车也会有的。"

冯萱哭得更厉害了，说："谁要宝马车了，谁要你买钻戒了，我们以后还过不过日子了，明天你就去把钻戒退掉。你要再乱花钱，看我怎么收拾你。"说完，就把钻戒还给了姜潮。姜潮激动地说："乖，我可不可以这样理解，你答应我的求婚了。"

冯萱一下子就破涕为笑了，说："算你小子聪明。但我还有一个要求，就是我们的婚礼必须简办。"姜潮开心地说："好的，遵命。"然后，两个人一起开怀大笑。

第三辑
你是我最美的风景

流年的光阴中，演绎了多少分分合合，唯你，是我看了就不忘的风景。倾心相遇，润湿了心田；两情相悦，写满了诺言。在彼此懂得的季节，一世清欢。

你是我最美的风景

一

爱与不爱，真的是一件很难说的事情，就像孟瑶和方川。方川一直在好脾气地等待孟瑶说那三个字——我愿意，却迟迟没有得到回应。

坦白说，方川确实是结婚的不错人选，他成熟稳重多金，事业如日中天，和孟瑶相识一年多后，便在市中心买了大房子，房子也装修得富丽堂皇。孟瑶带最要好的闺密楚妍去参观，这个傻丫头，羡慕之情毫不掩饰，直夸孟瑶运气好，找了这么好一个男朋友。

方川对孟瑶的宠溺人人可见。两个人走在路上，方川永远让孟瑶走在内侧。两人一起逛街时，如果孟瑶多看一眼橱窗里的衣服，方川定会帮她买下。就连孟瑶随便的一句玩笑话，方川都会当真。比如那次孟瑶无意中说喜欢大脸猫，两天后，方川花八千元给她买了回来，惹得闺密楚妍两眼冒火，大声嚷嚷着："孟瑶，这不公平，凭什么你就该拥有这么多的宠爱，而我到现在连男朋友也没有，难道我比你长得丑吗？"

其实，孟瑶属于那种安静内敛的美女，她有着清澈的眼眸、白皙的皮肤、纤细的腰肢，超凡脱俗的气质。而楚妍则属于那种活泼外向的美女，一双乌溜溜的大眼睛，时不时地眨动着，透出一股聪明伶俐的神气，好像会说话。她和孟瑶一样，也是那种人见人爱、花见花开的女孩。

她们两个人性格互补，从小学到高中，再到大学毕业，两个人要好的程度让身边很多人羡慕。所以，一直到毕业工作后，两个人都有着密切的联系，也因此两个人之间毫无隐私。

楚妍曾用嗔怪的口吻对孟瑶说："你真是身在福中不知福，不知你到底怎么想的？这么好的男人不嫁，要待何时？"

可是，只有孟瑶心里明白，她和方川之间始终隔着点什么，是什么呢？她也说不清。

二

遇到方川之前，孟瑶刚刚大学毕业，那时候她瘦弱、伶仃，看上去资质平平，因为一直没有找到合适的工作而整日无所事事。

后来，一家广告公司招聘女职员，孟瑶带着简历去应聘。去了才知道，只招三个人的岗位却来了上百人应聘，而且她们个个打扮入时、肤白貌美，哪里像孟瑶这样衣着朴素，素面朝天。因此，应聘还没有开始，孟瑶便打退堂鼓了。

孟瑶准备出门时，在门口冷不防与一个人撞了个满怀，那人文质彬彬的，看起来很成熟。可是，当看到他手上拿着的文件夹时，孟瑶便立刻没好气地说："这里招聘的是女职员，拜托不要来这里抢饭碗好不好？"那人一下子就愣住了，目光在孟瑶脸上停留了片刻，然后问她："这么说你也是来应聘的？”“是又怎么样？”孟瑶回答道。那人接着问：“那你为什么要走呢？”“不然呢！你觉得我跟她们比有竞争力吗？”说完，孟瑶用手指了指那群美人佳丽。那人说：“不试试又怎么知道你不行呢！”孟瑶想想那人说的话：也对，这样的机会，难道真的要就这样错过吗？

孟瑶重新回到大厅，等了很久以后，才叫到她的名字。递简历时，孟瑶才猛然发现三个面试官里居然有刚才她撞的那个人，孟瑶吓得面如土色，为自己的出言不逊懊悔不已。不管了，反正自己也比不过那些人，一切顺其自然好了。

面试的过程很简短，只有两三分钟，面试官无非就是问“你为什么喜欢这份工作”之类的问题，还询问了学历、工作经验等。孟瑶一一回答后，这场面试就结束了，其中一个面试官告诉她回去等通知就行了。

孟瑶回去后，就把应聘这事忘在了脑后，因为她觉得自己根本没有被录取的可能。没想到，三天后，广告公司人事部打来了电话，让她即刻到公司报到，这真的让她喜出望外。

三

孟瑶是在公司工作了一段时间后才知道，原来这家广告公司的经理正是那天她撞的那个人，他的名字叫方川。

方川是一个和蔼可亲的人，对下属的态度也很温和。尤其对孟瑶，方川总是有意无意地把她叫进经理室，打着让她整理文件、汇报工作的幌子，适时地送给她一些小礼物或书。有时候，他也会带孟瑶去应酬，但从不会让孟瑶在饭桌上喝酒。

傻子都能看出来，方川喜欢孟瑶。但令孟瑶百思不得其解的是，自己面容清瘦、资质平平，方川到底喜欢她哪一点？

有一次，方川单独请孟瑶喝咖啡。孟瑶便把困扰她很久的问题说了出来，她问方川：“比我优秀的人那么多，为什么偏偏是我？”方川沉默了很久才说：“也许你很像一个人吧！举止神态，连说话的样子都像。”

孟瑶听了之后，心没来由地疼起来，原来自己不过是别人的替身。所以，不管方川多么宠溺她，明里暗里挑明爱她，她也始终没有明确表态。

其实，方川是真的爱上了孟瑶，不然也不会为她早早就准备了婚房。而孟瑶却认为，他们之间始终有一条无法跨越的鸿沟，这条鸿沟，让她和方川始终有段距离。

那一次，在方川的家里，孟瑶偶然发现了方川和一名女子的合影，仔细看，那女子还真的和自己有几分相像，便问方川这是谁。方川这才幽幽地告诉她，这是他谈了三年的女朋友，两年前得白血病去世了。这样只不过换来孟瑶对方川的一丝怜悯。

闺密楚妍实在看不过去，便开导她说：“不管你爱不爱方川，他如今对你照顾得无微不至，就冲这一点，他也是真心爱你的。与其找一个自己爱的人，不如找一个爱自己的人。”

此后，在身边众多亲朋好友的劝说下，孟瑶总算勉强答应嫁给方川，日子定在了下个月。

四

闺密楚妍在第十次相亲成功后，组织了一次狂欢派对，她打电话告诉孟瑶：“你务必要来啊，不然等你结婚了，再想出来放纵就难了。”

那天，他们在一家酒店包了一个房间，双方的朋友来了很多。大家纷纷为这对恋人送上祝福。这顿饭，所有人都吃得兴高采烈。酒过三巡，菜过五味，到了 K 歌的环节。就在这时，从门外突然走进来一个风风火火的男子，孟瑶以为他走错了房间，可是男子一进来就对楚妍男友说："对不起啊，临时有事，所以来得晚了。"他显然是楚妍男友的朋友。楚妍男友看到他来便爽朗地说："周扬，没关系的。不过你迟到是要挨罚的，罚你三杯如何？"被称作周扬的男子微笑着说："我开车来的，酒就不喝了，我给大家唱首歌好吗？""好。"大家附和着。

于是，周扬拿着麦，轻轻地唱起了一首老歌——《一世情缘》："我的梦有一把锁，我的心是一条河，等待有人开启有人穿越……也许只有一个人，才能改变这一切，前世的思念今生今世来了结。"听着周扬略带沙哑却又带着说不出魅惑的嗓音，孟瑶突然觉得有点恍惚：周扬的歌声竟唱出了自己的苦衷，字字句句击中了她的心房。

她开始仔细观察起周扬来。她发现周扬身上有一股淡淡的忧伤的气质。他皮肤很白，气质优雅，是那样好看的一个男子，连他唱歌的样子都很帅。就在孟瑶忘情地盯着周扬看时，她发现周扬也将目光投向了自己，孟瑶吓得急忙低下了头。

只是，孟瑶没有想到，周扬在自己身边坐了下来。孟瑶有种眩晕的感觉，她用力闭了闭眼睛。她的这一动作，却恰好被坐在她另一侧的一位小哥无意中看到了，说："美女，你不会被周扬迷住了吧？"孟瑶的脸唰一下就红了。小哥继续说："没关系，这不奇怪，被周扬这家伙迷倒的女人多着呢！"

周扬却很认真地对孟瑶说："美女，不要听他乱说。"孟瑶嘟囔着说："我不叫美女，我叫孟瑶好不好？"周扬便微微一笑，说："好好好，我知道了，孟瑶。"

之后，他们之间便没有了交集。直到快散场的时候，周扬对身边的孟瑶说：“孟瑶，不如我送你回家吧！”不容孟瑶反驳，趁着大家互相道别的间隙，周扬示意孟瑶一起溜了出去。

回家的路上，两个人依然沉默不语，车里放着舒缓的音乐，空气中弥漫着一种暧昧的气息。

快到孟瑶家门口的时候，周扬打破了沉默，说：“孟瑶，以后我可以给你打电话吗？”孟瑶迟疑了一下，回答道：“当然可以。”

五

一连几天，孟瑶从来没有像现在这样焦躁不安过，她一直在等周扬的电话。其间，她倒是接到过方川几个电话，问她要不要一起吃饭，她拒绝了。

直到第五天，周扬的电话终于来了，她握着电话的手微微颤抖着，居然有点想哭的感觉。

周扬在电话里有气无力地说：“孟瑶，你现在能来看我吗？”孟瑶焦急地问：“周扬，你怎么了？病了吗？”周扬在电话里说：“是的，我刚刚做了阑尾手术。”孟瑶问：“你的家人呢？”周扬说：“他们现在都不在身边，是朋友把我送到医院的。”

放下电话，孟瑶几乎是一路飞奔来到了医院。病房里只有周扬一个人，周扬说他的朋友临时有事走了，所以他想到了她，才把她叫了过来。

孟瑶坐在周扬跟前，看着躺在床上脸色有些苍白的他，眼泪忍不住簌簌地掉了下来。周扬一手打着点滴，一手伸过来帮她擦了一下眼泪，说：“傻丫头，这有什么好哭的，不过是个小手术罢了。”说完，那只手便紧紧抓住了孟瑶的手。

之后，他们仍然没有再说一句话。兴许周扬手术后有点累了，他慢慢闭上了眼睛，不一会儿就响起了微微的鼾声。

孟瑶看到他睡着了，便想把手从周扬的手里抽出来，却反而被他握得更紧了。直到孟瑶手机响了，她才从周扬的手里挣脱了出来，来到了病房外。电话是方川打来的，他告诉孟瑶，别忘了明天上午九点一起拍婚纱照。孟瑶不记得自己是怎么回答的，只是匆匆挂掉了电话。

转身走进病房，她发现周扬已经醒了，两只眼睛直直地盯着她。孟瑶便小声地问了一句："伤口还疼吗？"周扬摇了摇头。孟瑶看到他额上渗出了汗珠，急忙拿毛巾帮他擦了擦，说："你好好休息，会很快好起来的。"周扬点了点头。

不一会儿，周扬的朋友回来了，孟瑶急忙起身告辞。

六

早晨七点钟的时候，方川给孟瑶打来了电话，说八点多会过来接她，孟瑶坚决制止了方川，说不用他来接，自己会去。

可是，转过头来，她又想起了那个躺在病床上的周扬，不知道他现在怎么样了。于是，她很快把方川忘在了脑后，关掉了手机，直接奔向了医院。

来到病房外，她习惯性地向里张望了一下，这一看，却发现在周扬的病床上，一个大约三岁的孩子紧挨着周扬也躺在病床上睡着了。那孩子，长得太像周扬了，简直就是周扬的翻版。孟瑶的心突然就沉了下来：原来周扬已经结婚了，原来周扬已经有了孩子。刹那间，孟瑶的自尊心受到了极大的伤害，她转身便冲出了医院。

想到方川还在等自己拍婚纱照，于是，她打了一辆车便向照相馆驶去。

孟瑶结婚的前一天，楚妍和她的男友一起来到孟瑶家里帮忙。这两个人一直马不停蹄地忙里忙外，孟瑶示意他们休息一会儿，两个人便停下了手里的活儿。

楚妍突然像想起了什么似的说："对了，孟瑶，前一段时间周扬打电话找过你，说你手机一直关机，问他什么事情他也没说。我告诉他，你快结婚了，忙着拍婚纱照呢！然后他就挂断了电话。"

孟瑶答非所问地说："周扬和他儿子长得可真像啊！"一旁楚妍的男友开口了："周扬还没有结婚，哪儿来的儿子？啊，想起来了，前一段时间周扬住院，因为他一个人在这里工作，他的姐姐带着儿子从老家过来照顾他，还别说，那个孩子长得确实像周扬。"

听完楚妍男友的话，孟瑶差点晕过去，她再也控制不住自己的情绪，眼泪扑簌簌地掉下来。楚妍吓坏了，问孟瑶怎么了。孟瑶说："明天我就是方川的新娘了，新娘出嫁前不都是要哭的吗？"

擦干眼泪，孟瑶却在心里默念着：再见了，周扬！谢谢你，带给我人生路上一道美丽的风景。

爱你，就做你永远的保护神

一

闵佳正焦头烂额地忙着手头上几件杂事，不成想，又被经理叫进了办公室，说有一份重要文案必须赶在下班前做出来。天啊，这不要人命吗？要不是看在这份不菲的薪水的分儿上，闵佳真想撂挑子走人。

无奈，闵佳只好绞尽脑汁地想着如何将这份文案做好，以至于李舟来到她身旁时，她都全然没有察觉。当李舟将一套完整的文案放在她面前时，闵佳对李舟真是有点感激涕零。

闵佳说："说吧，怎么谢你。"李舟笑嘻嘻地说："那就下班后请我吃饭。"说话间，隔壁格子间的小夏探出了脑袋，听到他们的对话，伸长了脖子大喊道："别忘了，还有我呢！"李舟说："你这鬼丫头，一边去。"小夏故意装作生气的样子说："李舟，别以为我不知道你那点小心思，你不就是喜欢闵佳姐吗？"李舟说："我就是喜欢她了，你能怎么样吧！"

虽然听着像是开玩笑，但这赤裸裸的表白，让闵佳的脸一下子就红了，闵佳说："你再胡说，这顿饭我不请了。"

二

李舟对闵佳的好连傻子也能看出来，闵佳又怎能不知？在闵佳的办公桌上，李舟总是悄无声息地给她倒上一杯白开水或送上几朵鲜花。那次下雨，闵佳快走到公司时，天却突然下起了大雨，闵佳无处躲藏，眼看要淋成落汤鸡了，一把雨伞及时罩住了她。这一切，闵佳从内心里感激李舟。

可是，李舟却不是她心目中的那个人。首先，李舟长得不够帅，但小夏却坚持说，他有着《流星花园》里美作的气质，可无论如何不是闵佳喜欢的类型。其次，李舟作为公司的小职员，却没有一点理财的概念。上次，公司有位员工的孩子得了重病，住进了医院，李舟居然将自己一个月的薪水全部捐了。闵佳对这种助人为乐的行为当然非常赞赏，对李舟的人品自然是认可的，只是觉得至少得留点生活费吧。

三

此时的闵佳已经有了男朋友，叫高帅，当然是"高富帅"的那种类型。他们是在一次婚礼上认识的，闵佳是女方的伴娘，高帅是男方的伴郎。那次，婚礼现场突然混乱起来，闵佳被人推来搡去，眼看就要摔倒了，高帅一个健步上前扶住了她。两个人对视间，周围突然响起一片起哄声："在一起！在一起！"那时，闵佳没有男朋友，高帅也没有女朋友，所以，两个人就自然而然地走到了一起。

只是后来闵佳才知道，那次英雄救美，不过是高帅设的一个局，因为他看到闵佳的第一眼就喜欢上了她，于是怂恿身边的几个人一起演了那场戏。

闵佳对他的小把戏没有一点抱怨，反而有点小欢喜，因为她觉得年轻人制造点小浪漫，证明他很有生活情趣，就像喜欢他有时会突然出现在她的公司门口，当着那么多同事的面给她送玫瑰花一样。闵佳承认，自己也是一个有虚荣心的女生。

四

那一次，当闵佳从高帅手里接过玫瑰花时，突然“哎呀”一声，她的手指立刻渗出了血。在一旁围观的李舟不管三七二十一，急忙从口袋里掏出手帕，上前抓过闵佳的手就开始为她包扎伤口。他一边包扎还一边对身旁的高帅大吼道：“你怎么能给她带刺的玫瑰，是不是存心啊？”高帅也立刻发起火来，说：“你是谁啊？我女朋友要你管吗？”

眼看着他们就要冲突起来，闵佳急忙把手从李舟手中抽出来，拉起高帅，说：“我们走吧！”高帅却没好气地问闵佳：“他哪里冒出来的啊？是不是喜欢你？”闵佳回答说：“他是我们公司的，人挺不错的。至于他喜欢谁那是他的事，我知道我喜欢的人是你就行了。”

两个人走出一段后，闵佳冷不丁回头看了一眼，发现李舟依然站在公司门口，她的心突然就莫名地被触动了一下。

坦白说，李舟的确是个好青年。他耿直、善良，对人热情，如果不是有了高帅，闵佳或许会考虑他，尽管他只是一名普通的小职员。闵佳甩了一下头，不明白自己怎么会有这种想法。

五

高帅的背叛，让闵佳有点猝不及防。

那些天，电影院正在上映《再见前任》。闵佳因单位停电而提前下了班，想到高帅今天在家休息，便想和他一起去看电影。她没有通知高帅，而是直接去了他家。结果，她敲门时，开门的是一名妖艳女子，问她找谁？闵佳反问她“你是谁”时，女子砰的一声关了门。

闵佳在外大声呼喊着高帅的名字，里面却再也没有一点动静。

无疑，高帅出轨了。事后，尽管高帅几次找到闵佳解释，说自己是一时糊涂而被美女迷惑，以后再也不会犯这样的错误了，但闵佳无论如何也不能原谅他。高帅只好扔下一句“我不会放弃你的”便走开了。

李舟将一杯白开水放在闵佳的办公桌上，看到闵佳无精打采的样子，便调侃说：“美女，你不会失恋了吧！”闵佳没心情理睬他，李舟便接着自言自语道：“失恋了好，失恋了我就有机会了。”

六

小夏悄悄将闵佳失恋的消息告诉了李舟，并告诉他高帅放出话要纠缠到底，闵佳为此不胜其烦。李舟说：“还真被我说中了，看来我终于有用武之地了。”

那些日子，闵佳下班回家，发现身后总是跟着一个“影子”，她以为是高帅，后来才确认是李舟。闵佳便没好气地问他：“你老跟着我干什么？”李舟说：“做你的保护神啊！”闵佳有点责怪地说：“谁稀罕你做我的保护神了！”

也是，心情低落的闵佳，刚走出一段痛苦的爱恋，哪儿有心思去理睬李舟？再说，自己也不确定能不能接受这个其貌不扬、工作也没有什么建树的小职员。所以，在心中没有答案之前，闵佳不想和李舟有什么瓜葛。

这天下班后，闵佳走出公司大门，找了一处隐蔽的地方藏起来，待到李舟顺着她下班的方向追过去，她选择了另一条回家的路。

七

闵佳快到家的时候，才发现又被高帅跟踪了。高帅上前一步抓住闵佳的胳膊，说："闵佳，我们和好吧！"

闵佳说："高帅，拜托你死了这份心吧！"

高帅说："不就是出了一次轨吗？男人哪儿有不迷失自己的，难道你就不能原谅我一次？"听完高帅的话，闵佳气愤地说："无耻！请放开我。"说完，闵佳就开始挣扎起来。

这时，高帅的脸色突然变得阴沉，说："如果你今天不答应我，那我们就同归于尽。"说完，从口袋里掏出了一把匕首。

闵佳吓得大喊起来："救命！救命。"高帅气急败坏地说："你再喊，我就杀了你。"说完，高帅拿着匕首对着闵佳狠狠地刺了下去，就在这千钧一发之际，只见一个人用自己的背部为闵佳挡住了匕首。然后，高帅扔掉匕首便逃之夭夭了。

八

李舟的身子向后倒了下去，然后慢慢闭上了眼睛。

惊魂未定的闵佳，看着躺在地上的李舟，吓得不停地呼喊着："李舟，你不能死，你不能死，你不说要做我的保护神吗？你不能说话不算数。"躺在地上的李舟依然没有一点反应，闵佳大哭起来，说："李舟，你醒醒啊！如果你现在醒过来，我就答应做你的女朋友。"

"真的吗？你说话可要算数啊！"李舟说完，自己从地上坐了起来。闵佳愣怔了片刻，眼睛充满了疑问，但她还是急忙先检查了一下李舟后背上的伤势，发现并没有伤痕。这才开口问李舟："这怎么回事。"

其实李舟被匕首刺中后，整个人就不由自主地倒了下来，他也以为自己可能要死了。可是后来他却听到了闵佳的话，而且发现后背好像并没有伤痛的感觉，只是为了听闵佳的真心话，他才没有立刻起身。

九

李舟看到高帅扔到地上的匕首，急忙捡起来仔细查看，这一看才发现，原来匕首是一个玩具，匕首的刀刃是塑料做成的，扎到人身上时，刀刃就自动弹到刀把儿里了。

真相大白后，李舟告诉闵佳："你放心吧，以后高帅再也不会纠缠你了。"

那天，李舟找到了高帅，告诉他说："算你还有点良心，没有造成重大伤害，但我们依然可以追究你的法律责任。如果你保证以后不再纠缠闵佳，我们会选择放过你的。"高帅自知与闵佳和好无望，便答应了李舟的要求。

当然，李舟的舍己救人自然赢得了闵佳的芳心。求婚时，李舟向闵佳郑重承诺："爱你，就做你永远的保护神。"

梁菁，我怎么没有早点遇见你

一

同事张姐在电话里一再嘱咐梁菁："这次的相亲对象是留学回来的博士，有房有车，是一名钻石王老五，对方在丽景轩饭庄大厅等你，手里拿着一本杂志，这次一定要把握好机会，记得准时赴约啊！"

梁菁怎么也不会想到，自己如今已到了需要相亲的地步。想当年，从高中到大学，她也算是校花级别的美女，多少男孩拜倒在她的石榴裙下，都被她视而不见。谁承想，一转眼，自己就成了大龄青年。

梁菁今年三十二岁，有着瀑布一般的长发、明亮的眼睛、标准的身材、圆圆的脸庞，一颦一笑之间，尽显成熟女性的魅力。

但就是这样一位气质美女，一路相亲下来，没有一名令她称心如意的男子。就像这次，虽然同事张姐把对方夸得天花乱坠，但梁菁内心也是不抱太大希望的。

这天，离赴约还有些时间，反正闲着也是闲着，梁菁早早出了门。

走进丽景轩大门后，她扫视着整个大厅，发现在大厅靠窗的位置，有一名男子正在埋头读一本杂志。于是，梁菁在心里说：没错，就是他了。便急忙走向男子的座位。

二

待梁菁在那男子对面坐下，对方这才抬起头注视着她，梁菁也目不转睛地注视着男子。只见面前的男子眉清目秀，仪表堂堂，气宇轩昂。梁菁有点看呆了，等她发觉自己有点失态后，便主动对男子说："你好，我叫梁菁。"男子说："你好，我叫江一城。"

接下来梁菁直截了当地问："你多大了？"江一城回答说："我三十岁。"梁菁"哦"了一声，又问："我三十二岁，你介意我的年龄比你大吗？"江一城回答说："不介意吧！"梁菁心中暗喜，接着问："我在一家外企工作，你呢？做什么工作？"江一城回答说："我是一名消防员。"梁菁便在心里嘀咕，留学博士也流行做消防员了吗？嘴上却说着："消防员好啊！赴汤蹈火，竭诚为民，难怪你看上去气宇轩昂的。"被梁菁这么一夸，江一城有点不好意思地说："其实做消防员会很苦很累的，需要随时待命，你不介意吧？"梁菁微笑着说："怎么会？你们不畏艰险，恪尽职守，人民感激你们还来不及呢！"

江一城见梁菁如此通情达理、善解人意，看她的眼神，顿时就亮了。但接下来梁菁又问江一城："看你条件也不错啊！怎么现在还没有女朋友？"江一城说："可能因为我太忙了吧！她们接受不了我这份又忙又危险的工作。"

三

两个人聊得正投机时，梁菁的手机突然响了，是同事张姐。张姐在电话中焦急地问梁菁："你怎么搞的，人家在丽景轩等你半天了，你怎么现在还没到？"梁菁说："我到了啊！这不正跟人家谈着吗？"说话间，梁菁发现在她的右前方，一名有点油腻模样的男子手里拿着一本杂志，左右张望着什么？这时梁菁才意识到自己可能坐错了位置。

于是，梁菁有点尴尬地对江一城说："不好意思，我可能坐错地方了。"说完红着脸起身去了那个油腻男人的桌子，背后留下江一城一连串的笑声。

等吃完了饭，梁菁匆匆告别了博士男独自走出了丽景轩。刚一出门，江一城就跟了上来，梁菁愣怔了一下，说："你还没走？"江一城说："等你呢！诶，你们谈得怎么样？"梁菁说："不怎么样。"江一城说："要不咱俩试试？"梁菁说："好啊！"

难得遇到彼此都称心如意的对象，他们长相都不错，年龄也尚可，两个人的心底都浸润着几分喜悦。爱情好像就这么悄悄来了。

四

江一城果然说得没错，他确实有点忙。

第一次约会，梁菁在餐厅等了他整整两个小时，等江一城赶过来的时候，梁菁正坐在饭店门口等着他。于是，江一城对梁菁满是歉意地说："不好意思，正准备来时，临时有了任务。"梁菁说："没关系啊，你也是为了工作。"

第二次约会看电影，等电影散场了，江一城才上气不接下气地赶了过来。他想，这次梁菁肯定会生气的，却没想到，梁菁从包里掏出一个手帕，一边给江一城擦着脸上的汗水，一边说：“傻样，你跑什么呀？看你累得出了一头的汗。”

按照以往的恋爱经验，江一城以为会是暴风雨，可没想到却是和风细雨。在这样的感动里，江一城一把抱住了梁菁，哭着说：“梁菁，你怎么这么好，我怎么没有早点遇见你呢？”梁菁笑着附和他：“是啊！我们怎么没有早点遇见呢？”

其实，梁菁心里明白，如果早点遇见他，她不可能喜欢他，他也不可能和她走到最后。

要怎样形容之前的她呢？那时的她，在爱情里有点张狂，有点骄傲，还有点任性。这样的她，林旭和余皓都领教过。

五

那年，十八岁的梁菁遇到了林旭。

那天，梁菁到图书馆借课外书。图书馆里，梁菁看到了她想要的那本书，手刚要触碰到书，却被另一只手抢了先。她看着他，微笑着问他能不能让他看完后再借给她，他欣然同意了，并且两人互留了联系方式。

几天后，他就把书借给了她。他告诉她自己名叫林旭，是大一的学生。她说她也是大一学生，只是和他不在一个系。

在林旭的眼里，梁菁是一个容貌清秀、美丽大方的女孩，很符合他的审美。而在梁菁的眼里，林旭则是一名气度不凡、品学兼优的男孩，心中对他也有好感。于是，林旭大胆地向梁菁表了白，梁菁应允后，他们便成了校园里的一对情侣。

那时候，他们在校园里一起吃饭，一起散步，一起泡图书馆。他还给她买她爱吃的小零食。

只是，林旭是个勤奋好学的人，他想把更多的精力用在学习上。而那时的梁菁，才不屑每天埋头读书呢！她的青春里，不仅仅有读书这一项，还有很多好玩的东西，比如和同学们一起组团出游，一起吃美食。周末，梁菁还喜欢约上一两个同学去逛街。就算不买东西，她们也会去逛各种各样的店铺，流连忘返。在她的眼里，她们逛的不是街，是心情。

而所有这一切，她本来都希望林旭参与的，怎奈那书呆子就喜欢读书，拒绝了梁菁的这些邀约。久而久之，梁菁开始对他极其不满。

有一次，他们好不容易约好了周末一起去爬山，结果，林旭因为有事爽约了。一气之下，梁菁提出了分手。林旭也曾试图挽回这段恋情，但梁菁觉得他这人很无趣，铁了心要分手。后来，林旭出国了，这段恋情便彻底告一段落。

六

余皓其实一直暗恋着梁菁，他长相普通，眼睛有点小，所以他对自己一直不自信。等他鼓足勇气准备向梁菁表白时，却发现她和林旭已经在一起了。所以他只能继续将那份暗恋埋藏在心底。

大二后半学期，得知梁菁和林旭分手了，他觉得自己的机会来了。

余皓是真的太喜欢梁菁了，他整天跟在她的身后，给她递水送饭。她过生日，他用节省了一个月的生活费给她买了一个大大的蛋糕，梁菁为此很感动。有一天，余皓对梁菁说："丫头，我好喜欢你。"梁菁说："好吧，那你做我男朋友吧！"余皓激动得抱起梁菁就在原地转了三个圈。

接下来，余皓时常牵着梁菁的手在校园里招摇过市，其甜蜜程度可想而知。可后来，很多事情渐渐不一样了。

梁菁总是无端地跟余皓无理取闹。两个人约会，余皓如果迟到了几分钟，梁菁就会说余皓对她不重视，已经不爱她了。梁菁打电话，余皓没有及时接，她就会耍脾气，躲着不见余皓，这让余皓很苦恼。

梁菁觉得，无论他们怎么吵、怎么闹，余皓都会来哄她，温柔地对她说："乖，对不起，都是我的错。"可是她却不知道有一天他也会觉得累。

有一次，因为余皓借给女同学一个笔记本，梁菁便说他见异思迁，这时，余皓对梁菁说："丫头，我们分手吧！"

那时候，正好赶上毕业季，两个人便一拍两散，分别奔赴了不同的城市。

七

梁菁和江一城交往半年以后，双方都见过了家长。二人也到了适婚年龄，双方家长见面后都心照不宣地商议起了他们的结婚事宜。

三年后，他们有了一个可爱的儿子。休息时，江一城就会亲自下厨为他们做上一桌丰盛的饭菜。一家人坐在一起吃饭，梁菁喂着孩子，江一城会把好吃的菜搛进梁菁的碗里，画面非常温馨。

有时候，一家三口正其乐融融地享受天伦之乐，江一城会突然接到任务，梁菁便催促他，快去吧！注意安全。

江一城时常感叹，自己是修了几辈子的福气，娶到了这样善解人意的老婆。而梁菁又要怎么告诉他，自己在那段恣意的时光里是如何挥霍青春的呢。那时候的她和善解人意这样的词压根儿就沾不上边儿。

其实，又有谁的青春，不是充满了甜蜜和伤痕呢？

听说林旭出国后，有了朝夕相伴的太太。而余皓在他的小城，也有了温柔的姑娘陪伴。他们都曾经陪着自己走过最好的青春。她的老公江一城，虽然缺席了她的青春，却在最好的时间里遇到了最好的自己。所以，没有在最好的年龄遇见又有什么关系呢？现在的他们心性沉稳，不急不躁，面对任何情况都能泰然处之，也足够有担当。这样的爱情，不早不晚，刚刚好。

再见了，我的白月光

一

大三那年，二十岁的冯晨晨在校园里一边散步，一边用手机随意抓拍校园里的美景。正是金秋时节，秋风吹黄了树叶。叶子一片一片地飘落，像蝴蝶一样在空中飞舞。冯晨晨用手机一连串地抓拍着，苏恒这时候冒冒失失地闯进了冯晨晨的手机镜头。

镜头下的苏恒，穿着白色的衬衫、浅蓝色的牛仔裤，站在镜头里，就像白月光一样，瞬间点亮了冯晨晨的心。

这时的苏恒，似乎也发觉自己误闯了她的镜头，便不好意思地说："对不起啊同学，打扰你了。我是大一新生苏恒，以后还请多多关照。"听着苏恒的介绍，冯晨晨不知怎么脸一下子就红了，内心也泛起了波澜。有些感觉，就那么哗啦啦地席卷而来。

苏恒并没有转身走掉，而是来到冯晨晨身边，说："我加你微信吧，你把照片传给我。"说着，不等冯晨晨答应，就从冯晨晨的手里拿过了手机，用自己的手机直接扫了冯晨晨的二维码，加上了她的微信。

二

“你是我一见就忘不了的风景。你宛若那一江氤氲的春水，已经融入我的心间。”

“雨，有了心情，有了眷恋，更融入了浓浓的思念。夜，有了情感，有了依托，更承载了满满的希望。”

“在如梦似幻的诗意里，请允许我，牵着你的四季，在幸福两个字里注入你的身影。”

苏恒的朋友圈突然画风大变，同学们将苏恒的诗到处传颂，说他暗恋上一个女生。

苏恒的朋友圈，冯晨晨看得一清二楚，也只有冯晨晨明白这些情诗是写给谁看的。自然，那样的时刻，心里总是免不了悸动。只是，冯晨晨比苏恒大了两岁，她有点介意年龄的差距。再说，除了这些，苏恒并没有向她直接表白。

但该来的还是来了。那天，苏恒怀里抱着一捧鲜艳的玫瑰出现在冯晨晨面前说：“冯晨晨，你愿意做我的女朋友吗？我知道你比我大，但我比你长得高。我会好好爱你的。”

冯晨晨“扑哧”一声就笑出了声，不停地说着“我愿意”，并用双手接过了苏恒的玫瑰。

三

那时候，他们的爱情就像冯唐的诗、李宗盛的词，每一句情话都是那么动人，每一天都是充满爱的一天。他们的爱在日常的每一件小事中穿梭、流淌，从不停歇。

苏恒也曾浪漫过，抱着吉他在冯晨晨的楼下唱情歌，只要换来冯晨晨的欢喜，苏恒就会像醉酒似的，心花怒放。苏恒去图书馆为冯晨晨占座，大热的天，买了冰激凌，双手捧给冯晨晨，令冯晨晨好生感动。

冯晨晨有时候会去看苏恒打篮球，看着赛场上那个风一般的男孩，她会像一个小迷妹一样在场外为他呐喊助威。冬天的时候，冯晨晨也会为苏恒送来暖和的手套和围巾，让苏恒在一众同学面前好生得意。

这样的爱情，让周遭的同学很羡慕。如果一直这样走下去，该有多好啊！然而，冯晨晨上大四的那个夏天，她不得不面临一个事实：即将毕业，离开校园，从此和苏恒天各一方。

四

大四那年，冯晨晨和深圳一家公司签了就业合同。于是，她怀揣着梦想，从遥远的北方城市来到深圳，一切从零开始。

起初真的很难。在深圳这个快节奏的城市里，路上的行人都是急匆匆的，无数年轻的上班族都在快节奏地生活着。

冯晨晨刚来深圳工作时，特别不适应这种快节奏。为了尽快赶上其他员工的脚步，她经常加班熬夜到凌晨。每当拖着疲惫的身体回到出租屋时，她都有点怀疑人生。这还不算，工作稍有疏忽，就会被部门主管一顿训斥，搞得冯晨晨偷偷地哭了好几次。

那时，苏恒每天都会在微信上问候她。冯晨晨便向苏恒抱怨这里诸多的不易，就连租房都租在了郊区，来回上下班要两三个小时。苏恒便安慰她说：“等我毕业了马上就去找你，只要我们心往一处想，共渡难关，一切都会好起来的。”

但冯晨晨实在太忙了，有时候苏恒在微信上留言，冯晨晨根本没有时间回。日子久了，苏恒便开始有点患得患失，说：“是不是有其他男生追你了？”冯晨晨郑重告诉他，就算有人追，她的男朋友也永远只有一个人，那就是苏恒。

五

其实，来深圳这么长时间，冯晨晨能够一点点融入这个快节奏的大都市，得益于她的同事郑之远。那时候，看到冯晨晨每天手忙脚乱的样子，郑之远为她提供了很多工作上的指导，在她的工作中给予了很大的帮助。但他们也只是同事关系。

后来，冯晨晨在深圳瞬息万变的职场道路上越来越如鱼得水。身边自然有男生向她表白，这时候，冯晨晨就会告诉他们：“对不起，我有男朋友了，他毕业后就会来深圳找我的。”

可即便这样，苏恒在两个人的关系里变得越来越不自信。有一次，冯晨晨感冒了，苏恒打来电话问候她，却听到电话的这头一个男生的声音说：“冯晨晨，赶紧把这杯水喝了”。

那头的苏恒便不高兴地问：“他是谁？”冯晨晨说：“一个同事而已，你不要胡思乱想好不好？”苏恒在电话那头便沮丧地说：“怎么办呢？我越来越觉得没有安全感了，我是不是跟你有了距离？”

冯晨晨很认真地说：“苏恒，你听着，你永远是我心目中的白月光，我只喜欢你。”

六

令冯晨晨没有想到的是，苏恒会休学一年跑到深圳来。他说，再不来她就要被别人抢走了。冯晨晨能说什么呢？他毕竟为自己而来。

可是，在深圳这个人才满天下的地方，可想而知，一个没有文凭的人找工作有多难。苏恒在多次碰壁后，开始心灰意冷。每天当冯晨晨在挤公交车去上班的时候，苏恒却还在出租屋里蒙头大睡。夜晚，冯晨晨加班到很晚一脸疲惫地回到出租屋时，苏恒却在玩游戏。

好不容易找了一份销售的工作，干了没有几天，苏恒便嚷嚷着，东奔西跑的，太累了。之后再也不肯出去上班。

苏恒觉察出自己有些格格不入，对未来的深圳生活产生了深深的怀疑。

在这样的关系里，冯晨晨觉得他们之间似乎越来越有距离了。大概就是从那时起，她心目中的白月光，变得黯淡无光了。

置身于喧闹的都市中，阳光依旧明媚，可冯晨晨却怎么也抹不去心中暗淡的阴影。

七

冯晨晨一遍遍地问自己：要分手吗？那个朝气蓬勃给了自己两年光

亮的男孩，那个在电影院给自己买爆米花的男孩，那个只因为她在橱窗前多看了一眼白色连衣裙，便用省下的两个月饭钱为她买下那件裙子的男孩，那个让冯晨晨想起来就泪水涟涟的男孩，真舍不得啊！

日复一日，冯晨晨和苏恒之间的话越来越少了。

有天晚上，苏恒约冯晨晨一起去酒店吃饭。其间，苏恒特意要了一瓶酒，他不顾冯晨晨的劝阻，喝了很多。于是，借着酒意，他一遍遍地问冯晨晨："为什么我们会走到这一步？"冯晨晨不语。

第二天，冯晨晨下班回家，发现出租屋一下子空旷了好多。是的，苏恒不动声色地离开了，他甚至没有留下一个纸条。

那一晚，冯晨晨趴在床上，哭得像个丢了糖果的孩子。

八

两年后，冯晨晨意外收到了苏恒的结婚请柬，里面还有一张他和新娘的照片。那是个阳光甜美的女孩，照片中，两个人笑得都很灿烂。

冯晨晨给苏恒打了电话，他们足足聊了一个小时。

原来，苏恒从深圳离开后复学了，大学毕业后回到了家乡所在的小城，考上了公务员，从此过上了平稳的生活。他的女友和他一个单位，女友倒追的他，经过半年多的相处和考验，他们终于修成了正果。

冯晨晨专门请假去参加了苏恒的婚礼。一对新人手牵着手，幸福和甜蜜写在了他们的脸上。这样的苏恒，让冯晨晨感到很欣慰。那个曾经熟悉而又陌生的男孩，终于长大了。

或许，男孩的成长，都需要一个过程吧！

婚礼结束，冯晨晨返程时，苏恒亲自送她到飞机场，对她说："你看到了，我找到了自己的幸福，接下来你也该尘埃落定了吧！”

九

郑之远。这个在深圳为她挡风遮雨的男生，这些年，一直在冯晨晨身边默默守候、奉献和等待，不动声色地给了冯晨晨最好的陪伴。

这些年，所有人都看得出，郑之远喜欢冯晨晨。但冯晨晨一直装作看不懂郑之远眼里的温柔，因为她心里放不下那个像白月光一样的男孩苏恒。

如今苏恒有了自己的幸福，冯晨晨觉得是到了解开心结的那一天了。曾经，她和苏恒有着纯真的爱情，可走着走着他们的人生目标便出现了分歧。而郑之远不一样，冯晨晨和他同在一片天地，可以携手走更远的路，看更远的风景。

回到深圳，她没想到郑之远会直接向她表白。这次，她没有惊慌失措，而是勇敢地接受了他的爱，并且给了他一个大大的拥抱。

此时，冯晨晨最后一次想起苏恒。她在心里说：再见了，我的白月光，从此山高水远，你我各自珍重吧。

没有人在原地等你

一

许墨仿佛上辈子欠方糖似的，从上幼儿园开始，便成了方糖的跟班。

进园的第一天，方糖被妈妈带到了幼儿园，妈妈转身要走时，方糖便扯开嗓子放声大哭起来，妈妈左哄右哄，全都无济于事。眼看着妈妈上班就要迟到了，可方糖还是一个劲儿地哭。这时，一个小男孩来到方糖面前用稚气的口吻说：“小妹妹，你别哭了，以后我跟你玩，好吗？”方糖看着面前这个呆萌的小男孩，当真就止住了哭声，说：“好的，以后我们一起玩。”说完，两个人便手拉着手开开心心地玩去了。这个小男孩自然就是许墨。

也就是从这一天开始，每次去幼儿园，许墨就像个跟屁虫一样，视线不离方糖左右，那感觉就像方糖会在他面前突然消失似的。但凡带着好吃的东西，他总会分一半给方糖。

就这样，他们度过了快乐的幼儿园时光。之后两个小朋友又一起进了同一所小学，分在同一个班级。

三年级时，有一天放学后，方糖和许墨一前一后走着，突然，从后面窜出来几个调皮的男生，揪住方糖的小辫子不放，疼得方糖“哎呀，哎呀”叫声不断，许墨看到这突发的情况，立刻大声制止道：“你们几个，赶紧放手。”那几个臭小子哪里肯放手，嘴里还不停地喊着：“跟屁虫，没出息，天天跟在女生后面。就不放手，就不放手。”许墨被那几个坏小子的话彻底激怒了，他扔下书包，像一头暴怒的小狮子，与那几个小男生混战在了一起。

不一会儿，许墨的脸上身上都不同程度地受了伤，但那几个小男生也被许墨的虎劲儿震慑住了，打了几个回合后，便灰溜溜地跑掉了。

事后，老师对他们都进行了严肃批评，甚至对他们发出了开除校籍的警告。从这之后，再也没有人敢欺负方糖了，谁都知道在她的身边有一个厉害的守护神。

二

方糖在许墨的呵护下一路走过初中，又一起来到同一所高中。那时候，他们每天一同进出校园，不知道方糖身边有多少女生羡慕她。一个坐在方糖身后的女生便经常对她说：“方糖，你好幸福啊！每天有那么帅气的男生追随着你。”方糖便轻描淡写地说：“你说许墨？他是我的好哥们儿，当然要时常在我身边了。”

高三那年，方糖突然找到许墨，靠在他的肩头哭得稀里哗啦，吓得许墨跟什么似的，急忙问：“谁欺负你了，快告诉我，我替你出气。”方糖说：“没有人欺负我，我失恋了，他转学到省城去了。”原来，方糖暗恋的男生跟随父母举家搬到了省城。许墨便安慰她说："好了好了，别伤心了，人家都不知道你暗恋他，你失的什么恋？"方糖便抬起头说："你知道什么啊！一点都不理解人家的心情。"说完，甩下许墨便跑走了，留下呆呆的许墨独自品尝着失恋的滋味：原来，不管你对人家有多么在乎，都不被对方理会，这就是失恋吧！

时光仿佛就像一台放映机，许墨和方糖又一起考进了同一所大学。这时的方糖，就像所有情窦初开的女孩一样，开始奔赴她一场又一场的爱情。只是，她的每一次倾情投入，都以失败告终。

大二那年，方糖飞蛾扑火般地喜欢上一个富二代，花儿一般靓丽的她当然也受到了富二代的青睐。富二代很有钱，时常带着方糖下馆子，也带着她到商场买礼物，方糖便以为自己遇到了最好的爱情。然而，喜欢富二代的女生不在少数。不久，方糖便发现富二代和其他女生下馆子、逛商场。方糖气愤地找到富二代质问："你为什么和其他女生在一起。"富二代假装无辜地说："我说过一定要和你在一起吗？"

被抛弃后的方糖，哭得死去活来，并扬言不想活了。这时，许墨来到她身边，安慰她说："糖糖不哭，为这样的男人，不值。"

三

方糖和许墨一起去吃米线，其间，方糖对许墨说："难道我长得不够漂亮吗？为什么我一直得不到真爱？"许墨说："谁说你得不到真爱了，有一个人一直真心诚意地爱着你。只是你忽略了而已。"方糖便问："你说的是谁啊？"许墨鼓足勇气用手指了指自己，说："是我呀！"方糖便忍不住哈哈大笑起来："别逗了，你只是我的好哥们儿好不好？"许墨不死心，接着说："方糖，难道你看不出来，这么多年我有多喜欢你吗？"许墨的话音未落，便看到窗外一个帅气的男生向店里的方糖招了招手，方糖米线都没有吃完，便扔下许墨，和那个男生走了。

许墨的心顷刻间支离破碎，自己鼓足了多大的勇气向方糖表白，没想到却被方糖拒绝得体无完肤。

没过多久，方糖再见到许墨时，又趴在他的肩头不停地抽泣。"我对他那么好，他却说不能和我在一起，他的父母早已为他指腹为婚。"方糖抹着泪水继续说："既然不能和我在一起，为什么要招惹我？"说完，泪水越发汹涌。许墨心疼地对她说："乖，不哭了，有我在呢！"方糖便说："有你在管什么用，你又不是他。"一句话，让许墨的心再次沉入了谷底。

令许墨绝望的是，方糖很快又结交了新男朋友。这次，方糖信心十足地说："他是真心爱我的，等大学一毕业，我们就先结婚，然后再创业。"看方糖一副欢天喜地的样子，许墨便不再言语，默默地承受，默默地看着她。不然，他又能怎样呢？

四

大学毕业后，方糖跟着她的男友去了一个滨海城市，许墨没有理由再跟着方糖去了。他喜欢上海这个繁华的大都市，便在上海应聘了一家适合自己的公司。

几年后，方糖拖着行李箱来上海投奔同学。二十八岁的她，再次被爱情所伤，那落寞的身影，看了都有点让人怜惜。一见面，同学便告诉她："许墨也在上海，他也单着，可能在等你。"本来对爱情心灰意冷的她，一听到许墨这个名字，整个人又活泛了起来。

想起许墨，方糖心里突然涌起了一股莫名的酸楚。其实这么多年来，真正爱自己的也只有许墨，为什么自己居然对他的爱视若不见呢？

方糖去许墨单位找他，看到许墨的第一眼，方糖便觉得许墨跟以前不一样了。他变得目光坚毅、老成练达，再不是以前那个青涩呆萌的男孩了。看到方糖，许墨很激动，而且也学会油腔滑调了，他说："方糖，想我了吧，你终于明白我才是最爱你的那个人。"方糖的心，莫名地就动了一下，第一次为许墨所动。

晚上，几个人一起吃饭，同学开玩笑说："兜兜转转，绕了一大圈，最后走到一起的还是你们两个人。你们可不要再错过了，要抓紧时间啊！我可等着吃你们的喜糖呢！"说完，方糖的脸再一次红了。

回到宾馆，方糖翻来覆去睡不着，她想了很多，想起了和许墨在一起的点点滴滴。这么多年来，或许也只有许墨才是最爱自己的人。方糖想好了，她要留在许墨身边，她要嫁给他。她一分一秒也不想耽搁下去了，起床，整理好行李箱，出门。她没有通知许墨，她想给他一个意外的惊喜。

方糖敲门，半天没有人开，她心里便有了不好的预感。后来，门开了，露出一张年轻女子的脸，年轻女子问她："你找谁？"她惊慌失措地说："哦，好像敲错门了。"这时，她听到屋里有人大声喊："谁啊？"是许墨的声音。方糖的心便开始一点点碎掉。

原来没有人会永远在原地等你，有时，错过了便意味着失去。于是，方糖提着行李箱，转身离开，眼泪像一条小溪般汩汩而下。

那个最在乎你的人

一

贾小卉和林晓阳第一次相遇是在 2018 年的春天。

那天，空气中流淌着甜糯的味道，阳光像个调皮的顽童在贾小卉的周围到处跳跃着。贾小卉骑着一辆共享单车，欢天喜地地前去赴约，她的男朋友姜宇飞今天约了她一起看电影。他总是忙得不可开交，就算没有时间来接她，贾小卉也一样兴高采烈，谁让她那么喜欢姜宇飞呢！

想起姜宇飞，贾小卉的心里就有说不出的甜蜜。大学四年，临毕业之际，没想到自己还能收获一份心仪已久的爱情，这是多大的幸运啊！

贾小卉正满怀喜悦地想着姜宇飞，突然“嘭”的一声，贾小卉来不及刹车，迎面就撞上了一个骑单车的男子。男子瘦高的个子，脸上架着一副眼镜，虽然长相普通，却十分清秀。

男子趔趄了几下后，一只脚着了地，还好，没有摔倒。倒是贾小卉连人带车重重地摔在了地上。

男子急忙从单车上下来扶起了贾小卉，有点惜香怜玉地说：“你有没有摔坏了哪里？”贾小卉被扶起后，龇牙咧嘴地在原地走了走，虽然腿部疼痛难忍，倒也没有什么大碍。于是，贾小卉在说了声“谢谢”后，推起自行车就准备离开。

谁知，男子却一手扶住了她的车把，说：“看你疼得厉害，要不要我陪你去医院看医生？”贾小卉等着去赴约，哪里有工夫和他搭讪，便说：“不用。”说完，推起单车又准备离开，却推了几次没推动，原来男子用手还扶着车把呢！

这时的贾小卉便没好气地说：“诶！是我撞的你好不好。我没事，也不用你管，行吗？”男子却好像犯了傻气，固执地说：“我也有责任，刚才我在想事情，没注意到你。再说你一个女孩子，万一有什么事怎么办？”贾小卉立刻怒目圆睁地对他说：“敢情你是盼我出事啊！让开。”一声大喝，男子的手一下子就松开了车把。

看着贾小卉一瘸一拐地转身离开，那男子突然喊道：“美女，我叫林晓阳，有事的话去5号街硕天公司找我。”

二

贾小卉是在和林晓阳撞车后的第七天，神奇地成了林晓阳的新同事。

在成为新同事后，林晓阳跟在贾小卉后面笑眯眯地说：“小卉，真没想到咱们这么快又见面了。”贾小卉轻声嘀咕了一句：“谁想和你见面！”林晓阳没听清，便问她：“小卉，你说什么？”贾小卉懒得回答他了。林晓阳却自顾自地接着说：“小卉，咱俩可真有缘分……”这下贾小卉不乐意了，说：“谁跟你有缘分了。我和你有那么熟吗？不要‘小卉，小卉’地叫好不好？我姓贾，名字叫贾小卉。”被贾小卉一顿训斥后，林晓阳红着脸说：“知道了，贾小卉。”

这之后，林晓阳便总是时不时地出现在贾小卉的面前。写字间里，林晓阳为贾小卉打来一杯热水，嘴里还念念有词：“小卉，女孩子要多喝水，养颜美容。”午餐的时候，看见贾小卉远远走来，林晓阳便扯着嗓子喊：“小卉，来这边，我给你留着位置呢！”身边有同事开玩笑说：“林晓阳，你不会是在追贾小卉吧！”贾小卉听后，脸立刻阴沉了下来，说：“我有男朋友了好不好？”说完，她瞥了一眼身旁的林晓阳，只见他的脸色瞬间就暗淡了下来。

贾小卉以为林晓阳在得知自己有男朋友后，再也不会在她面前献殷勤了。谁知，林晓阳就像什么也没有发生一样，照旧每天跟在贾小卉后面“小卉小卉”地叫，叫得多了，贾小卉也习惯了这个称呼。

夏天的时候，公司组织员工去海边两日游。自从参加工作，贾小卉还从来没有享受过这样悠闲的假期呢。

真美啊！眼前的大海，就像一块蓝色的宝石，辽阔无垠，无边无际。碧蓝的海水里，朵朵欢快的浪花跳着优美的舞蹈，一层一层地向岸边涌来。坐在岸边沙滩上的贾小卉，感慨不已：“要是姜宇飞坐在自己身边该有多好啊！”正想着，突然间，有个人一下子就坐在了她的身边，贾小卉扭头一看，原来又是林晓阳，便问他：“你来干什么？”林晓阳似答非答地说：“小卉，有句话我一直想问你，你真的有男朋友了吗？”贾小卉反问他：“这还能有假吗？”林晓阳说：“可为什么从来没有见他来公司找过你？”贾小卉立刻不悦道：“你以为别人都和你一样闲得无聊去打听别人的隐私吗？”林晓阳嘟囔着说：“我也是为你好，如果他在乎你，就该时时刻刻都想和你在一起，不是吗？”贾小卉大喊一声：“要你管！”喊完就走开了。

其实林晓阳的话戳到了贾小卉心里的痛楚。一直以来，姜宇飞总是借口自己忙而疏远自己，他到底爱不爱自己呢？贾小卉不知道，但她知道自己很爱他。

三

贾小卉和姜宇飞是同一届的大学生。那时候，在校园里，总能听到身边几个女生在一起谈论姜宇飞。有时候和姜宇飞偶遇，他总是一副孤傲的样子。

怎么说呢，姜宇飞是那种有点酷的男生，举手投足间总是散发着无限的魅力。他不仅人长得帅，而且成绩也特别优秀。这样的男生，真不知道有多少女生喜欢呢！贾小卉也不例外，只是她将喜欢这件事经营得不动声色，因为众所周知，姜宇飞已经“名草”有主，他的女友正是他们大学里的校花，一位貌美如花的女生。

从喜欢姜宇飞的那一天起，这场暗恋，就像是一场旷日持久的拉锯战，一晃就过了将近四年。直到他们大学临毕业那年，姜宇飞那个如花般的女友，喜欢上了一位比他更帅气而且很富有的男生。于是，当姜宇飞一个人坐在操场边将一瓶酒灌进肚里时，贾小卉也不知哪里来的勇气，默默来到操场边，坐在姜宇飞身旁，将他的头轻轻揽进自己的怀里。从那一天起，这个和姜宇飞一同来自深圳的女生成了他的新女友。

大学毕业后，姜宇飞在父母的安排下，回到了自己原先所在的城市深圳，有了一份很理想的工作。贾小卉本来提前半年就将简历投到了北京一家外企，就等着毕业后去面试上班，如今姜宇飞回了深圳，她别无选择，义无反顾地跟着他也回到了自己的家乡深圳。

那段时间，投简历、面试，贾小卉忙得不亦乐乎。空闲的时候，姜宇飞会约她吃个饭，看看电影。虽然他们见面的次数不多，但贾小卉觉得很满足。

也就是在那段时间，贾小卉遇到了林晓阳。

四

时光总是如流水一般，不管你快乐还是悲伤、欢喜还是忧愁，它都一视同仁地从每个人身边悄然流过。

时间一下子来到了 2019 年春节前夕，贾小卉这几天有点不舒服，不知怎的，她突发奇想，想测试一下姜宇飞到底在不在乎自己。于是，她发了一条朋友圈：近日头疼感冒，谁给我送药来？

可是，贾小卉明明看到姜宇飞在朋友圈发耍酷的图片，却不见他回复自己，便在他的图片下留言：亲爱的，求关怀。没想到，却依然没有得到回复。贾小卉便打电话给姜宇飞，却怎么也打不通他的电话。是的，姜宇飞最近对贾小卉越来越疏离了，全然不顾及她的感受。但此时的贾小卉还是憋着最后一点可怜的自尊，给姜宇飞发了微信，问他为什么不接自己的电话。

片刻后，贾小卉终于收到了姜宇飞的微信回复，没想到却是分手信息：“小卉，对不起，我始终都没有爱上你。我和前女友已经和好了。照顾好自己，我们到此为止。”

看着姜宇飞这几行字，贾小卉以为自己会大哭一场，却没想到，此时的她却出奇平静，仿佛身上卸下了一个大包袱。到这时，她才发现，原来自己并没有多爱他，只是一直以来被他的外表所迷惑。

明确了这一点，贾小卉在微信发了一条朋友圈：“你的帅让你带走，从此不再纠缠。放心，你能找到自己的幸福，我也一样。”然后，很快她就收到了林晓阳的评论：“小卉，没有什么大不了的，总有一天你会发现身边有个人一直在爱你，祝你早日找到自己的幸福。”

也就是在这一刻，林晓阳像变魔术似的出现在贾小卉面前，手里拎着一袋药，还外加一兜水果。

看着面前的林晓阳，贾小卉突然就湿了眼眶。原来，这个时时刻刻都跟在自己身边的人，才是那个最在乎自己的人。

你是我的春暖花开

一

那天，上海正处在春暖花开的季节，微风吹开了笑颜，鲜花铺满甬道。在一处神圣的殿堂里，所有人都在为即将见证一场隆重的婚礼而欢天喜地。

她便是人群里的一员。和所有的人一样，她满脸笑容，翘首企盼着新娘的登场。近了，近了，那个像公主一样穿着洁白婚纱的美丽新娘终于款款走来。可就在万众瞩目的新娘到来的那个瞬间，她的目光却落在了新娘身边的一位青年才俊身上。那一刻，仿佛有一支丘比特之箭，击中了她的心房，周围的一切瞬间暗淡，只有他像一道夺目的光芒，将她整个身心照亮。她对他一见钟情。

于是，婚礼刚过，她就开始托人四处打听那个站在新娘旁边的男子。她果然没有看错他，他是一所大学的双学位高才生，而且还拉得一手动听的小提琴，毕业后从事机械设计工作。当然，她也毫不逊色，不仅冰雪聪明，而且貌美如花，还是一名人民教师。

彼时，她二十二岁，他二十三岁，这样两个风华正茂的年轻人，看上去是那样般配。可是，她终究还是迟了一步，他已经有了心上人，而且不久就要订婚。

她伤心过、痛楚过，但理智却告诉她，虽然她对他有着万般的不舍，但她宁愿自己痛着，也要逃避这份情愫，因为她不愿意伤害任何人，哪怕她的世界从此暗淡，没有春暖花开。

二

生活往往比电视剧更富有戏剧性。越是你想逃避的东西，越是让你三番五次遇到。自从上次婚礼后，在不同的场合，她和他又多次相遇。

那时候，他们有一个共同的朋友因家里贫困而没钱去医院治病。她从家里拿出自己的积蓄借给那位朋友。这件事让他对她有了一个全新的认识：这个漂亮的姑娘不仅外表美，而且还有着一颗金子般的心。也就是从那时开始，他们慢慢地熟络起来。

好姑娘一定不可以单着。于是，热心肠的他开始给她四处张罗对象，一次不行两次，两次不行三次。可是姑娘的心事他哪里猜得到。此时，除了他，任谁也走不进她的世界。

久而久之，他懂了，但他已经结婚了，而且还有了一儿一女。而她却只能观望着他的幸福。

三

一转眼，她单身已经十四年了。尽管她一个人安静地生活着，可依然不愿意放弃打听他的消息。

那一年，命运之神突然捉弄起他来。先是他生病卧床不起，后来，他的妻子积劳成疾，得了肠癌，不久便离开了人世。然而，灾难并没有停止，他的女儿也因病不幸夭折，只留下一个儿子和他相依为命。这一连串的打击，让他的生活从此跌入了谷底。

这些消息让她的心揪成了一团，她再也不能作为一个旁观者了。于是，她来到他的身边，对他嘘寒问暖，陪伴他一起渡过了那些最艰难的日子。而此时，她已经是上海市的一名优秀教师，获得过很多的荣誉，还被提拔为区教育学院的院长。

他们的处境有天壤之别，身边已经有人对她议论纷纷，但她依然不管不顾地融入了他的生活。她说："有他的日子，生活才有滋味；有他的日子，我的世界才春暖花开。"

终于，在她苦等他十七年之后，他们结成了夫妻。虽然没有婚礼，没有新房，但他们的爱情美好如初。

四

可这对新婚燕尔的小夫妻还没来得及享受爱情的甜蜜，他就被单位派去四川支援贫困地区建设，而这一去要待上十年。

他曾小心翼翼地问她："你介意吗？"这个深明大义、知书达理的女人，又怎能不懂得好男儿就应该对国家、对人民尽应尽的责任？为了让他安心，她只对他轻描淡写地说："没关系。"

从此，她和他相隔千里，异地相思的煎熬只能在一张张往返的车票里得到慰藉。直到十年后他调回上海，他们才终于得以团聚。

而眼前的这个女人却将一生最美好的时光都花在了等他这件事上，等他娶她，用了十七年；等他回家，用了十年。这么执着的女人，让他怎能再辜负。所以，接下来的日子他决定好好照顾她、呵护她。

余生只有团聚，再无分离。

五

一起相伴的日子，幸福而琐碎。每天，她都把家里收拾得井井有条，他身上的毛衣毛裤，亦都是她亲手为他编织。而他，从一个不会做饭的男人，到每天给她变着花样地做饭，看到她吃着香甜饭菜的样子，他总是满心欢喜。

出去散步，不论是在小区，还是人来人往的大街，他永远都牵着她的手。那次，他们出去散步，迎面走过来几个邻居，她急忙想把手从他的手里抽出，谁知，他把她的手握得更紧了。她害羞起来，悄悄地对他说："别肉麻了，别人会看到的。"他附在她的耳边说："我就是要让他们看到我们相爱的样子。"就这样，他们两个人甜蜜地相守着，一起走过了四十多年。

她和他不争不吵地恩爱了半辈子，她却在八十八岁那年，第一次惹他生气，因为她忘记了家在哪里。

六

那天，她出去理发，一直到傍晚都没有回来。他吓坏了，急忙到处寻找。寻找无果，他只好去派出所报案，却一眼看到呆坐在那里的她。原来，她不知道家在哪里了。至此，他意识到自己的老伴患上了阿尔茨海默病，她的智力退回到了四岁的水平：带出去的东西总是丢，门牌号也无法记得，前一秒说过的话，后一秒转眼就忘。街坊邻居、亲戚朋友、同事学生，她都不记得了。

可每当有人指着他问“他是谁”的时候，她总会说：“这人我怎么会不知道啊，他是我的爱人啊！”

忘了整个世界的她，变得更加依赖他；哪怕一会儿看不到他，她也会坐立不安：“他去哪儿了？人怎么不见了。”看着这样的她，他心疼地说：“她现在只认得我，我要照顾好她。”

每天，他给她穿衣、喂饭，哄她睡觉，她就像他的女儿一样，被他宠着。

休闲的午后，他总是拿出相册，指着照片上的自己问她：“这是谁啊？”她总是笑嘻嘻地说：“这个人啊，当然是你了。”他会追着问：“为什么你只记得我呀？”她就会撒娇说：“因为你是我的春暖花开啊！”

一辈子有多长，爱情就有多长。这或许就是爱情最美的模样吧！

我若先行，请你安好

“亲爱的／你不用到处把我寻找／漫天灿烂的彩霞／是我给你的祝福／露珠闪烁的鲜花／是我对你的微笑／雨打窗棂噼啪响／那是我向你亲切问好……”

——他写给她的诗

一

1958年，正是仲夏时节，校园里的银杏树就像一把撑开的绿绒大伞，茂密的树叶遮挡了炙热的阳光。银杏树下，一个穿着碎花棉布连衣裙的女生正坐在那里入神地读书。她时而皱眉，时而微笑，一副非常专注的样子。

就是这幅美丽的剪影，恰巧被一个路过的男生窥见，他就那样痴痴地看着她，时间仿佛静止了一样。

不知过了多久，可能是被书中的情节感染，她抬起头来想要平复一下自己的心情。猛然间，她与他的视线在不经意间碰到了一起，他窘迫得脸一下子就红了，急忙转身飞也似的逃走了。

彼时，她和他都是青涩的中学生，虽然同城却并不在一所学校就读。那天，他只是去学校寻找一位儿时的玩伴，却没想到，无意间遇见了她。

二

三年后，她考上了一所大学。

那天是周末，她从校舍走向校外，准备去理发馆剪头发。结果，走到半路，天突然下起了雨，眼看着她要被雨水打湿。这时，一把雨伞及时罩住了她。她微微扭了一下头，隐约看到有一名男生在为她撑伞。来不及道谢，两个人便急急忙忙一起来到一个避雨的地方。

等她望向男生，准备郑重向男生道谢时，他们两人不约而同地说："原来是你！"意外的重逢让他们都很惊喜。开心之余，他们在一起聊了很久，也知道了两个人居然就在一所学校，只是不在一个系里而已。

他那天也正好去校外理发，因为天气预报说有雨，便随手带了把雨伞出去，结果在回来的路上，还真派上了用场。令他惊奇的是，居然还遇到了在他脑海里出现过无数次的她。

接下来，他们自然成为了好友。在一个春花烂漫的日子里，他勇敢地将一封叠得只有手掌大的表白信递给了她。

三

"银杏树下 / 轻轻地 / 一片落叶飘进我的心里 / 灵魂瞬间不再安分 /

多想 / 飞向和你有关的每一刻时光 / 踏着铺满鲜花的彩虹 / 可否 / 牵你的手 / 一起共赴幸福的城堡……”读着这封唯美浪漫的求爱信，她只觉自己一阵脸红心跳。

后来，她把他追求她的事情跟父母讲了，他也把他喜欢的女孩子介绍给了自己的父母。

假期里，她和他分别见了对方的家长，得到了双方父母的应允，他们这才正式谈起了恋爱。

热恋中的他深情地对她说："我会用一辈子来爱你。"她说："我也是。"

四

大学毕业后，他们像很多恋人一样，顺理成章地走到了一起。二人婚后的生活你侬我侬，非常甜蜜。

然而蜜月刚过，他便接到了一份临时去外地工作的通知。临走前他问她："你会不会埋怨我把你一个人丢在了家里？"其实，这项工作本来安排了其他人，因为那人的妻子突然患病，于是他便主动要求接手了这份工作。得知此事，她大度地说："你那么善良，我怎么会埋怨你呢？安心去吧，我会在家等你的。"有了妻子的话，他便走得安心。

没想到，他这一走就是八年。在那八年里，距离并没有磨灭他们的幸福与浪漫，相反，他们依然像初恋情人一样，约定三天一封书信。而每次写信，他都会附上一首小诗，其中一首写道：

多想赞美你 / 赞美你的宽容、仁爱、善解人意 / 多想送你一束鲜花 / 怎奈鲜花也比不上你的美丽 / 我知道，你的情，你的爱 / 就像一条潺潺

流淌的小溪／滋润我的心／甜蜜无比

走过春秋，走过冬夏，走过五十五年的风风雨雨，他给她居然写了五十五年的情诗。

时间催老了他们的容颜，但他们的爱情却像鲜花一样历久弥新。

五

然而，晚年的时候，他却病倒了。他先后患上了帕金森症、糖尿病和冠心病等疾病。这时的他们，角色也悄悄地互换。曾一直备受丈夫宠爱的她，反倒成了他最大的精神支柱。因为行动不便，一次，外甥从美国给他买了拐杖，但他却坚决不用。他对她说："你就是我的拐杖。"于是，她每天搀扶着他出去散步，这让他很开心。有时，他精神好的时候，就会在她的手心里用食指一笔一划地写："我爱你。"她也会在他手心回应："我也爱你。"

令人难过的是，2017 年 8 月，七十九岁的他离开了人世。对于相爱相守一辈子的老夫妻来说，最痛苦的事情莫过于他们中有一人先离开。

在那些人生中最暗淡的日子里，她悲恸、绝望、沉寂。每每这时，她总是会想起和他在一起的时光。

六

曾记得，她常穿的一条裙子破了，想买一条新的，两年都没买成，因为那时他们的生活很拮据。为此事，他一直感到很愧疚，直到后来攒了一点钱，他买来了布料，并且亲自动手为她缝制了一条漂亮的裙子。当他双手将裙子捧到她面前时，惊讶的不止她一人，连他们身边的朋友们都惊呆了。

也曾记得，有一次，他独自跑了出去，她因寻不到他而在家忐忑不安。过了一会儿，他不知从哪里蹦了出来，她生气地问："你到底去哪里了？你不知道我在找你吗？"他说："我躲起来一会儿，想逗你开心，怎么一会儿不见就想我了？"她娇嗔地说："你还不是一样啊！"

七

如今，相亲相爱的两个人，只剩下她一人，这让她又怎能不感伤？

那天，她在家整理他的遗物时，竟意外发现了一张纸条。纸条上写着："亲爱的 / 你不用到处把我寻找 / 漫天灿烂的彩霞 / 是我给你的祝福 / 露珠闪烁的鲜花 / 是我对你的微笑 / 雨打窗棂噼啪响 / 那是我向你亲切问好……"含泪读完这首诗，她的心一下子豁然开朗起来。因为，她读懂了这封信的内涵，也决定不再辜负他的良苦用心。

突然记起来，他和她还有一个到郊外共赏落叶的约定。这个冬天，尽管他已经不在了，但她依然坚持去赴约。因为她知道，他的爱一直在她的身边萦绕，为了这份爱，她会过好每一天。

假如爱有天意

一

生活在大洋彼岸的美籍华人李云帆，这些年早已经习惯了平淡自如的生活。可近日，他的苹果手机上连续出现的那些“奇特”的照片，却让他怎么也淡定不下来。

李云帆已年过六旬，但他依然和年轻人一样喜欢玩手机。那天，李云帆像往常一样随手翻看着手机，突然看到一张A市火车站的照片，这座气势宏伟而富有创意的现代化新客站，让他恍如置身梦境。他自言自语道：“怎么回事？”愣怔了片刻，他接着翻下去，手机里又出现了几张不可思议的照片：绚丽的烟火、宽阔的街道、鳞次栉比的楼房、满是中国字的菜谱、飘着黑色长发的漂亮女子……最后他的视线锁定在一个不太年轻却似曾相识的女人的照片上。女人端坐在书桌旁，身后是一排排书架，书架木框上清晰地印着“A市图书馆”字样。李云帆惊讶地张大了嘴巴，心想：难道冥冥之中真的有天意？

李云帆是名地道的中国人，家乡在华北A市。四十多年前，他的父母因病先后去世，在美国生活的舅舅便多次催促他到美国去，几次给他打来越洋电话："云帆，想好了吗？什么时候过来？"李云帆却一点都没有去美国的念头，并不是他对家乡有多么眷恋，而是因为二十多岁的他，有了一个心上人。

二

父母去世后，李云帆就像一片飘零的孤叶，寂寞而无助。那些日子，他常常花很长时间在河边发呆。一日，他望着潺潺的流水，心也仿佛顺着河水漂流而去。突然，他站起身来，一步一步向河中走去……就在这时，一个人从背后拦腰抱住了他，他挣扎了几下，没有挣脱开，便回头大声喊："你干什么？"话音刚落，他看到身后是一个年轻的女子。女子反问他："你想干什么？"他扑哧一声笑了，说："你以为我会自杀吗？我的鞋子掉进河里了。"女子立刻松开了抱他的手，有点尴尬地说："不好意思，看你在河边待了那么久，以为你想不开了呢！"

从那以后，他们相识相知，最后坠入爱河。女子名叫孟诗蓝，和云帆有着相似的命运。父母因事故不幸离世后，孤独的她便时常到河边打发时间。命运相似的两人彼此怜悯、彼此温暖、彼此慰藉。

那些日子，他们经常在一起聊天，一起嬉戏，一起看小河流水，也一起到A市图书馆去读书。虽然那时的图书馆很简陋，可在那里，他们一起读《钢铁是怎样炼成的》《安娜，卡列尼娜》《双城记》《红与黑》……懂得了很多人生道理。

三

直到有一天，李云帆的舅舅突然从国外回来，执意要把他接到美国照顾。李云帆苦恼极了，他禁不住舅舅的苦苦哀求，只好妥协。

李云帆离开的那天，在A市火车站的站台上，他和孟诗蓝紧紧相拥。他几次哽咽着对她说："你是我今生要娶的女人，等我挣够了钱，我一定回来找你，请你一定要等我！"孟诗蓝用力地点头："这辈子我非你不嫁，我一定会等你的。"直到火车拉响了汽笛，他们才依依不舍地挥手告别。

李云帆便从A市坐火车到省城再转乘飞机，随舅舅一起飞往了美国。谁知，他们一别就是四十多年。这其中又发生了什么变故呢？

四

李云帆抵达美国后才发现，舅舅不过是个在社会底层挣扎的打工仔。舅舅开了一家小吃店，生意一般，为了赚取更多的外快，舅舅便增加了送外卖的业务，这个工作自然落在了李云帆的身上。

送外卖虽然是件很辛苦的活儿，可只要一想到和孟诗蓝的约定，再苦再累他也不怕。李云帆的勤勉加上他热情的服务使小吃店的生意渐渐有了起色。舅舅倒也很心疼这个外甥，等手里有了钞票，他就毫不吝啬地买了一辆送货车，直接换掉了原来送外卖的脚踏车。

送外卖的效率提高了，小吃店的生意自然越发红火。一晃几年过去，舅舅盘了一家大酒店，李云帆也存了足够的钱。他一直没有忘记当初对孟诗蓝的承诺，他觉得也该是回去的时候了。

可就在一切向着美好的方向发展时，意外发生了。李云帆在最后一次送外卖的途中被一辆失控的汽车迎面撞上，他倒在了血泊中。

五

李云帆被紧急送进了医院，人总算被救了回来，可他却从此失去了记忆。

几年后，李云帆加入了美国籍，舅舅还为他张罗着娶了一个美国女孩。婚后，他们有了一个活泼可爱的儿子。妻子主内，他主外，生活倒也美满幸福。直到他们都将近花甲，他的妻子因病去世，他才把手里的工作全部移交给了儿子，开始在家颐养天年。

儿子怕他孤单，便送了他一部苹果手机，让他学着上网看新闻、看电影，以排遣心中的孤寂。前不久，他不小心将手机丢失了，贴心的儿子便又给他买了一部。

一次，李云帆准备下楼去遛弯，他边下楼边看新闻，一脚踏空从楼梯上摔了下来。虽然他摔成了脑震荡，但正是这一跤，让他找回了失去的记忆。往事一幕幕在他的脑海里浮现，他想起了孟诗蓝，想起了那段年少时的爱恋。

可这么多年过去了，他还有什么脸面去面对孟诗蓝？是他辜负了她。虽然孟诗蓝是他心中的痛，但他也只能把她默默地放在心底。

如今机缘巧合，看到那些既陌生又与他有着千丝万缕联系的图片，他又怎能平静得下来？这分明是上苍的指引。李云帆决定不再犹豫，他无论如何都要找到孟诗蓝。

六

李云帆给儿子留下一张简短的字条后，就搭乘飞机回到中国。

在A市火车站，他努力回忆着当年分别时的样子。那时候，A市火车站不过只有一个站台和一间售票屋而已，哪里是他现在看到的模样。

辗转来到了自己曾居住的区域，那高耸入云的楼房、绿树成荫的街道，还有各种物品琳琅满目的商业街……让他一时感慨万千：变了，一切都变了。

因为A市恰好有个行业交流会议，很多宾馆都住满了人。所以等李云帆安顿好自己的住处，天已经暗了下来。他一夜无眠。

第二天，天刚蒙蒙亮，李云帆就匆匆赶到了A市图书馆，这里曾是他和孟诗蓝一起来过的地方，也是如今寻找她的线索所在。站在图书馆大楼前，李云帆再次心潮起伏：今日的图书馆是何等的气派，外部装饰宏大而典雅，内部装修更是具有浓郁的艺术气息，每一处都能给人带来心灵上的震撼。

李云帆正独自感叹着，一个图书管理员走上前问他："您好，请问您要借阅什么书籍？"李云帆这才缓过神来，说："不，我只想找一个人。你看，就是这个人！"说着，他让图书管理员看了手机里的照片。管理员仔细端详了一会儿，说道："这阿姨我知道，她几乎每年都会来我们图书馆几次，每次来，就在图书馆的一角静静地读书，直到晚上关门时她才离开。""也就是说，她平时不经常到这里来，是吗？"管理员点了点头。李云帆道过谢后离开了图书馆。不过，他没有气馁，因为还有一个地方可以让他碰碰运气，那就是孟诗蓝曾经居住的地方。

昔日的小平房，早已被一座现代化住宅楼所代替。无奈，李云帆只好拿着手机上的图片，挨个询问过往行人：“认识这个人吗？”路人看看，一个个都摇头。直到夜幕降临，才有一位老者告诉他，孟诗蓝跟着女儿到另外一个城市去生活了，具体什么地方，他也不清楚。

孟诗蓝有了女儿，孟诗蓝已经结婚了。是啊，自己不是也结婚生子了吗？还是不要打搅孟诗蓝的生活吧！

七

带着深深的失落，李云帆再次来到A市图书馆，坐在孟诗蓝曾经坐过的位置上，禁不住一声声地叹息：“好吧，离开吧！只要你过得好，便再没有什么让我惦念的了。”可是，说了不惦念，为什么此时却老泪纵横呢？

李云帆掏出手帕擦了擦眼泪，正准备起身离开，却发现对面有一个神情优雅的女人在注视着他。难道这是幻觉？李云帆用自己的右手掐了掐自己的左手，有些疼痛，没错，这一切都是真的。面前的这个女人虽然有些老相，但还是能辨认出，她就是孟诗蓝。

两人相见，并没有想象中的拥抱，有的只是止不住的泪水。毕竟分别了四十多年，那么漫长的岁月，让此刻的他们纵有千言万语，也只化作了哽咽。

许久，孟诗蓝才将自己的一切向李云帆缓缓道来。

八

李云帆去了美国后不久，孟诗蓝就发现自己有了身孕，因为有李云帆临走时的承诺，她决定把这个孩子生下来。她怕李云帆担心，暂时不想告诉他怀孕的事，可当她在一个偏远的亲戚家生完孩子回来时，却突然没有了李云帆的消息，就连她寄出去的信也被一次次退了回来。即便如此，她依然坚信云帆总有一天会回来的，所以这四十多年里，她未曾嫁过人。

这些年，她把心思全部放在了女儿身上，女儿走到哪里，做母亲的几乎就跟到哪里。眼下，女儿到 A 市来参加会议，孟诗蓝便跟随女儿重返旧地，也就促成了她和李云帆相见的奇迹。

听完她的诉说，李云帆再也控制不住自己的感情，上前抱住孟诗蓝，放声痛哭。“孟诗蓝，是我对不起你。”说着，李云帆把自己的经历一五一十告诉了孟诗蓝，包括手机上出现的那些“奇特”的照片。孟诗蓝听后也是百感交集，伏在他的怀里哭得像个孩子。

等他们哭够了，才想起给女儿打电话。父女相见，又是一个激动的场面。

可令他们三人匪夷所思的是，孟诗蓝手机里的照片怎么会无缘无故跑到李云帆的手机里呢？

莫非真是天意？于是，三人一起来到了苹果专柜咨询。原来巧的是，李云帆之前丢失的那部手机被辗转卖到了中国，又恰好被女儿买下送给了孟诗蓝。而手机中的照片，正是她们来 A 市后，女儿帮母亲拍的。由于这两部手机共享着一个苹果云账号，孟诗蓝手机里的照片就通过网络同步到了李云帆的手机上。

世界之大，无奇不有。或许，这就是爱的天意吧！

因为有爱，盈花香满怀

一

三十岁的丹尼斯即将大婚，最开心的莫过于他的母亲了。这几天，母亲为他的婚事忙前忙后，忙里忙外，忙得不亦乐乎。订酒店、送请柬、帮儿子布置新房，样样都要亲力亲为。为此，丹尼斯有点责怪地说："妈，看把您忙活的。"母亲说："再忙活，我也愿意。"言语中透着喜悦。儿子结婚，总算了却了自己的一桩心事，能不喜悦吗！

丹尼斯从小生活在美国休斯敦的一个普通家庭里，父亲是休斯敦的一名公务员，母亲则是一家超市的售货员，一家人生活虽算不上富裕，却也过得平凡而幸福。可在丹尼斯二十岁那年，他的父亲突发脑溢血不治身亡，母亲因悲痛过度病倒在床上。那时，丹尼斯正在上大学，眼看着生活捉襟见肘，他不得不辍学回家，勇敢地挑起了生活的重担。

没有一点工作经验的丹尼斯在商场发过传单、在餐厅刷过盘子、在超市做过推销员，后来在一家酒店做了保安。一次，一位顾客喝多了酒，摔倒在酒店门口，丹尼斯见状，急忙把他扶起来，并一路把他护送到家。事后，这位顾客为了感谢他，专门到酒店找到丹尼斯，并告诉他自己是一家公司的老板，希望他能到自己的公司上班。

丹尼斯到这家公司后，老板并没有安排他从事高级管理的工作，而是让他从最底层做起。老板没有看错他，丹尼斯在公司勤勤恳恳、兢兢业业，一心扑在了工作上，再加上他平时乐于助人，很快便得到了同事们的赞赏。经过一段时间的磨炼，他被提拔为公司的基层管理者；之后，又从基层管理者晋升到中层，最后他终于坐到了总经理的位置。

自然，丹尼斯和母亲的生活也得到了改善，他们的生活蒸蒸日上。唯一让母亲烦恼的是，每次当她跟儿子提起婚事，丹尼斯总是以工作忙来搪塞。眼看着丹尼斯即将步入“剩男”的行列，当母亲的怎能不急呢？

二

母亲由于过度思念丈夫，身体一日不如一日，可任凭儿子怎么劝说，她也不肯去就医。丹尼斯知道，自从父亲去世以后，母亲就总是担心如果有一天自己也离开，儿子就会无人照顾。“尽快找个女朋友吧，不然妈妈难以心安啊。”端详着母亲两鬓的白发，丹尼斯终于妥协。

丹尼斯本就长相俊朗，像极了《泰坦尼克号》的男主角，再加上他总经理的头衔，找女友对他来说并非难事。很快，他便觅得一个漂亮的女子。几次接触下来，虽说丹尼斯对她没有特殊的好感，但也不反感。毕竟自己老大不小了，经过一段时间的交往，婚事很快定了下来。

只是婚前有一个小插曲，那女子看中一款价格不菲的钻戒，但丹尼斯认为没有必要那么奢侈，就买了另一款价格适中的钻戒。姑娘当时并没有强烈反对，为此，丹尼斯觉得姑娘挺通情达理的，心里对她多了一份好感。

可是，事情总是瞬息万变。就在丹尼斯订好酒店准备举办婚礼的头天上午，女子悔婚了，原因是有人愿意为她买价格不菲的钻戒。丹尼斯并没有因此而难过，反而感觉得到了解脱。

婚礼取消了，可是，订好的婚宴怎么办呢？

三

丹尼斯决定将这场婚宴继续办下去，只不过，他要将这场尴尬的婚宴变成流浪汉的盛宴。丹尼斯的母亲也出人意料地没有阻止丹尼斯的疯狂决定，她甚至还跑到当地的多家收容所，邀请收容所里的流浪汉们来参加这场盛宴。

消息一传出，流浪汉们奔走相告。于是，宴会这一天，流浪汉们从四面八方纷纷赶来，他们坐了满满二十桌。席间，流浪汉们在一起吃着、说着、笑着，免费享受着这家四星级酒店所烹饪的美食。

就在这场特殊的宴会即将结束之时，从门外突然涌进一群人来，他们拎着相机，不断唰唰唰地打着闪光。这群人径直来到丹尼斯面前，其中走在最前面的那个人对他说：“丹尼斯先生，你好，我是休斯敦电视台的台长，得知你今天举办‘婚宴’，本来我们是要早早过来的，可是因为要等一个很重要的人，所以我们来晚了。”“很重要的人？”丹尼斯有点莫名其妙。台长说：“对，她的确很重要，缺了她，这场婚礼怎么进行下去呢？”说完，周围的人一起哈哈大笑起来，一旁的丹尼斯更加不解。

四

还没等丹尼斯反应过来，这群人就把他簇拥到了主席台上，台长拿起话筒大声说："女士们，先生们，我宣布，丹尼斯先生的婚礼即将开始，有请新娘子入场！"说着，音乐响起，只见一位披着婚纱的女子在几个伴娘的簇拥下缓缓从台下走来。

丹尼斯这时才反应了过来，急忙上前阻止："台长，不不不！我不能勉强任何人和我结婚！"台长略微停顿了一下，说："你确定不和她成亲？"丹尼斯说："我确定。"随即台长有点诡异地笑了："看来不揭开面纱，这个婚礼是办不下去喽！"说着，他示意身边的伴娘为新娘揭开面纱。

这时，在台上台下所有人的注视下，奇迹发生了。只见眼前的这个女子有着白皙的皮肤、大大的眼睛、秀挺的鼻子和饱满的嘴唇，像极了《泰坦尼克号》里的女主角。丹尼斯惊讶地睁大了眼睛，激动地上前一把抱住了那女子，嘴里还不停地呢喃着："真的是你吗？真的是你吗？"女子附在他的耳边说："是我，是我，真的是我。"此刻，台下响起了热烈的掌声，流浪汉们还不时地欢呼着："亲一个！亲一个！"

那么，此女子到底是谁呢？

五

说来话长，这恐怕要追溯到十年前的那一天。那日，丹尼斯到西雅图找同学玩，回来的路上，走到火车站附近时，他看到一个盲人正站在寒风中悠悠地拉着小提琴。悠扬凄婉的琴声刹那间就扣动了他的心弦，于是，除留下车票钱外，他毫不犹豫地把身上所有的钱都给了这个盲人。

这一幕正好被身后一个路过的女孩看见，女孩被他的善举深深感动了，也毫不犹豫地从身上掏出钱来递给了盲人。待她转身时，发现丹尼斯已走出数十米，她顾不得矜持地大声喊道："喂！先生，请等一等。"丹尼斯回过头问："是喊我吗？""对，就是喊你。"

待他们彼此走近时，这两个长相酷似《泰坦尼克号》男女主角的年轻人，都被对方的相貌惊呆了……一时间四目相对，时间仿佛在他们面前凝固了一般。不知过了多久，丹尼斯才从恍惚中回过神来，问："你喊我有什么事情吗？"女孩有点脸红地说："我……我们可以一起喝杯咖啡吗？"丹尼斯急忙点头："我愿意。"

咖啡厅里，他们就像久别重逢的恋人，彼此深情地注视着对方。过了一会儿，丹尼斯首先打破了沉默："对了，我还不知道你叫什么名字呢？"女孩正欲回答，丹尼斯的手机响了起来。是母亲打来的，他急忙接通了电话，得知父亲骤然晕倒的消息。因为事出紧急，挂掉电话，丹尼斯没来得及跟女孩解释就快步跑出了咖啡厅，搭乘最近一班列车往家里赶。

不幸的是，丹尼斯的父亲因抢救无效最终离开了他们，而母亲也因此病倒了。直到几年后，丹尼斯工作稳定，生活有了好转，其间他还养成了一个习惯：每每有空，就会到西雅图火车站附近转悠，希望可以再次遇见那个女孩。

六

和女孩的长相相称，她有个非常好听的名字，叫安琪尔。十年前的那天，两人匆匆离开之后，她也隔三差五到火车站附近寻找丹尼斯，她坚信丹尼斯一定会回来找她的。也正是因为这个信念支撑着她，她拒绝了很多男孩的追求。

一晃十年，那天早晨来到公司，安琪尔像往常一样打开电脑，突然，在电脑的右下角弹出一个对话框，她随即瞄了一眼，只见标题上写着:《泰坦尼克号》“男主角”宴请流浪汉。她仿佛感受到了神的指引，颤抖着点开这条新闻，没想到，这个“男主角”，正是自己苦苦寻找的那个他。

原来，丹尼斯决定宴请流浪汉的善举感动了收容所的负责人，他们觉得好人不应该被埋没，就找到了休斯敦电视台的工作人员，希望他们能将此善举加以宣传。在休斯顿电视台的报道下，更多人得知了丹尼斯的举动，有一个论坛中的网友甚至自发找出了丹尼斯的照片，发在一个帖子中。此帖很快被各大网站转载，也因此，安琪尔最终得以看到了这条讯息。

按捺不住激动的心情，安琪尔急忙拨通了休斯敦电视台的电话，她把自己和丹尼斯的故事讲给了电视台的工作人员听，然后立刻坐上了飞往休斯敦的飞机。电视台的工作人员亲自到机场接安琪尔，并为她准备好了婚纱，这便有了前面那奇迹般的一幕。

事后，对于他们的结合，很多人都说，是这场特殊的婚宴成全了这场特殊的婚礼。滚滚红尘中，因为有爱，才使他们盈花香满怀。

给幸福盖个戳

一

苏航最近入职了一家新公司，没想到却在公司里掀起了一场轩然大波。好多人都纷纷跑去看他，上至公司老板，下至公司保洁人员，所有人的目光都齐刷刷地向他聚焦，因为他长得太像一位当红男星了。

巧合的是，前一段时间公司刚入职的员工李小菲像极了一位当红女星，而这两位明星正是影视圈的模范夫妻。于是，看完了苏航，那些人又跑来李小菲面前调侃道："李小菲，你'老公'来了，不去看看他吗？"让李小菲很是尴尬。

说起李小菲，她也实在美得不像话，尤其她穿上那袭藏青色乔其纱长裙，真是像极了仙女，清丽可人，知性优雅，宛如仙女下凡。但这也让公司很多男士对她望而却步，不敢贸然表白，生怕遭到拒绝。这下热闹了，公司里居然又来了个苏航。

下班后，李小菲因手头有事而晚走了一会儿，不想却在电梯里与苏航不期而遇，李小菲便兀自脸红了。倒是苏航，落落大方地说：“你好，我叫苏航，以后请多多关照。”李小菲这才镇定自若地说：“你好，我叫李小菲。”

见到苏航，李小菲在心里暗自感叹，这人果然有明星范儿。他有着大大的眼睛、挺直的鼻梁，身材高大挺拔，看上去很英俊。想到这，李小菲不觉脸又红了。

正思忖间，电梯很快下降至一层，两个人一起走出电梯，然后道别，各奔东西。

二

那天，李小菲正在办公室做文案，同事兼闺密杨丽丽风风火火来到她的办公室，上气不接下气地说：“小菲，怎么我刚出差几天，公司就进来一位大帅哥，你也不电话告诉我一声，还好，我已经见过苏航了，是我喜欢的类型。”李小菲抬头看了看她，没有说什么，只是微笑了一下。杨丽丽说：“你笑什么？说好了，苏航可是我的，你别跟我抢啊！还有，日后还要烦请你帮我牵线搭桥呢！明白吗？”李小菲说：“知道了，我的大小姐，我手头还有工作呢！”杨丽丽这才知趣地离开了李小菲的办公室。

其实，在公司里，除了李小菲，杨丽丽也是大家公认的大美女，她肌肤雪白，眉目如画，真的可称得上一个绝色丽人。只是她与李小菲的性格截然不同：李小菲善解人意、沉稳内敛，杨丽丽则性格张扬、豪放不羁。

那年，杨丽丽与李小菲考进同一所大学，并被分配在一个宿舍里。由于平时比较贪玩，杨丽丽便时常请李小菲代她写作业。李小菲在学校，哪怕只受一点委屈，杨丽丽都会挺身而出。两个人性格互补，也便自然而然成了好闺密。

大学毕业后，本来杨丽丽的父母在老家为她找了一份安逸的工作，但是，她为了延续和好闺密的友谊，毅然放弃了家乡的工作，与李小菲一起应聘进了现在的这家公司。

三

当然，对于好闺密的请求，李小菲比自己的事情还上心。为此，李小菲专门找到苏航，说："能找你谈谈吗？"苏杭有点受宠若惊地说："当然可以。"接着，李小菲说："苏航，你觉得杨丽丽怎么样？"苏航说："挺好的啊！"李小菲又说："丽丽说她很喜欢你，你愿意让她做你的女朋友吗？"苏航没有立刻回答她，而是稍停片刻后沉着脸说："原来你是来当红娘的啊！好了，这件事就不劳你费心了，我自己会找她谈的。"

听到苏航说自己找杨丽丽谈，李小菲便满心欢喜地找到杨丽丽，告诉她："丽丽，我觉得你和苏航有戏。"杨丽丽高兴地说："真的吗？小菲，等我们修成正果，一定好好谢谢你。"李小菲豪气地说："谢什么？咱俩谁跟谁啊！"

帮杨丽丽牵线后，李小菲仿佛完成了一件人生大事。杨丽丽这几年先后谈了几个男朋友，都以失败而告终。最主要的原因是，杨丽丽从来没有对他们上过心。而这次不同，李小菲从杨丽丽的眼神里看得出，杨丽丽是真心喜欢苏航；如果丽丽这次能够找到真爱，的确是一件不错的事情。

四

秋季，单位组织员工去沙漠测绘。那天，李小菲被分到苏航的小组里，问题是他们小组居然只有他们两个人。

在去往沙漠的路上，虽然车里放着舒缓的音乐，空气中流动着温馨的气息，但李小菲还是不愿和苏航搭话。她不明白，杨丽丽那么漂亮，家境也不错，苏航为什么要拒绝她，说什么自己心里已经有了喜欢的人，可一路观察下来，也没发现苏航有女朋友，倒是害得杨丽丽差点想要自杀。

看到李小菲生气的样子，苏航扭头看了她一眼，说："还生气呢！都过去那么久了，我们和解吧！"李小菲转头用眼睛剜了他一眼，苏航便笑着用手抚摸了一下李小菲的头，说："傻丫头，好像被我拒绝的人是你似的。"

之后，两个人再无言语，直到来到目的地后，苏航一声令下，两个人便很快投入了工作。别看李小菲对苏航爱答不理的，可一旦工作起来，却能抛弃个人恩怨，积极配合苏航的工作。苏航拿着测绘仪东跑西颠地认真测绘，李小菲在一旁一丝不苟地记录着数据，两个人忙得满头大汗。

休息间隙，苏航从车上取来水，递给了李小菲。李小菲也不客气，打开盖子便咕咚咕咚喝了起来，一旁的苏航连声说："丫头，慢点喝，别呛着了。"不知怎的，苏航贴心的话语，让李小菲的内心突然变得柔软起来。也许自己之前对苏航有点太苛刻了。于是，她也想对苏航说些关心的话语，但终究没有说出口来，一直到测绘完毕，两个人才打道回府。

五

没想车子行驶至一堆沙丘旁时突然坏掉了。要知道，汽车在沙漠里抛锚可是一件很危险的事情。

虽然苏航及时拨打了求救电话，可是他们一直等到黄昏，还是没有等到救援人员到来。更糟糕的是，他们两人的手机都没有了信号，无法与救援人员取得联系。眼看着天就要黑了，秋天的沙漠里温差特别大，李小菲在车里已经有点瑟瑟发抖了。苏航急忙把自己的外套脱下来，披在了李小菲的身上。李小菲感激地说："谢谢你，苏航。"

不知过了多久，李小菲焦躁不安起来，她害怕地对苏航说："苏航，你说我们会不会死在这里？"苏航立即回答说："不会的，他们一定会找到我们的。"停顿了一会儿，苏航接着说，"小菲，把头靠在我肩头，这样你就不会害怕了，有我在呢！"李小菲像个听话的孩子，乖乖地将头靠在了苏航的肩头。

就是这一靠的瞬间，李小菲内心突然涌起一股别样的情感，或许这就是爱情吧！原来自己对这个男人充满了依恋，即使之前因为丽丽而怨恨过他，在她的潜意识里，原来自己也那么喜欢他。

六

爱情的突然到来，让李小菲似乎忘记了夜晚身处沙漠的恐惧，她勇敢地问苏航："你说你已经有了喜欢的人了，是吗？"苏航说："那当然。""那她是谁呢？"李小菲接着问，苏航说："远在天边，近在眼前，当然是你了。"李小菲有点娇嗔地说："你骗人。"这时苏航突然有点严肃地说："是真的，从我见到你的第一天起，我就喜欢上了你。他们都说，我和你很般配，也许这就是缘分吧！小菲，如果你也喜欢我，那我们就不妨盖个章吧。"说完，苏航伸出了小拇指，小菲迟疑了一下，然后羞涩地伸出了自己的小拇指与苏航的小拇指勾在了一起，反手用大拇指按上苏航的大拇指。

借着朦胧的月光，透过车窗玻璃，他们仿佛看到了大地上的依米花，在空气中散发着芬芳的花香，而这个夜晚在淡雅的花香中变得格外美丽。

七

半年后，苏航和李小菲走进了婚姻的殿堂。婚礼上，苏航向李小菲郑重承诺要给她最好的生活。然后，他们再次用小拇指拉了勾，再用大拇指盖下了幸福的印章。

婚后，他们的日子就像蘸了蜜糖一样甜。每天上下班，他总是骑辆自行车载着她，她在后面便紧紧抱住他的腰；出去散步，他们也是手牵着手，一步都不分开。单位的同事们都说，见过相亲相爱的，没见过如此相亲相爱的。

那天他们两人一起逛街，李小菲在一件貂皮大衣前站了很久。其实，她也只不过看看而已，并没有想要拥有它的意思。可是，一旁的苏航却突然觉得脸一阵发热，想想自己居然连件貂皮大衣都买不起，真是枉为人夫。

没多久，在苏航的一再坚持下，他终于如愿以偿辞职下海。

两年后，苏航真的淘得了第一桶金。他给李小菲买了一件漂亮的貂皮大衣，也换了车换了房，但他却认为这些还不够，他要给她更好的生活。

八

可是，不知道从什么时候开始，苏航变得若即若离，甚至夜不归宿。

李小菲想找他谈谈，他却避而不谈。

一次，他很晚才回家，以为李小菲已经睡着了，便把手机随意地放在沙发上去洗澡。李小菲本来并不想查看他的手机，可是手机却一直响个不停，于是她打开手机一看，是一个叫李雯的女子在不停地发来QQ（一种流行的中文网络即时通信软件）留言："苏航，千媚正在一家夜店，你赶紧过来。"李小菲看着手机，一下子就蒙了：李雯是谁？千媚又是谁？

等苏航洗完澡出来，手机还在响个不停，他拿起手机一看，急忙穿上衣服飞奔出去。他在前面开车，李小菲搭了一辆出租车在后面追。等他进入一家夜店，她也尾随而至。这时，他正在拉扯一名妖艳的女子，嘴里不知道在说些什么。看到这一幕，李小菲一下子就崩溃了，禁不住大喊了一声。苏航扭过头来看到是她，抓住女人的手不由得松开了，那女人乘机溜走了。

苏航把李小菲送回了家，坐在沙发上痛苦地把手插在头发里，他说："什么也别说了，我们还是离婚吧！"李小菲没想到，自己还没来得及指责他，他倒先泼了一盆冷水。曾经，她一直以为他和别的男人不同，原来他也逃脱不了灯红酒绿的诱惑。既然他在外面已经有了女人，说再多又有什么意义？李小菲很平静地说："好吧！离吧！离吧！"说完，苏航开始收拾自己的衣物，然后提着行李箱，就像以前出远门一样，离开了这个家。

九

李小菲准备离婚，但她经受不住打击病倒了。她病倒的消息很快传到了杨丽丽的耳朵里。那年，当她听说苏航和李小菲相爱后，也曾找了一个没人的地方哭过，伤心过，可她心里明白，爱情毕竟是两个人的事情，所以她还是潇洒地为他们送上了祝福。

可如今听到李小菲受了委屈，她作为闺密岂能坐视不管？杨丽丽说："小菲，你别难过了，我一定会找到苏航，替你讨个公道！"说着，不顾李小菲的阻拦，便出门去了。

来到苏航公司的门口，杨丽丽就开始大声叫嚷起来："苏航，你给我出来，你给我说说清楚，为什么要辜负小菲。手里有了几个臭钱，就左一个李雯、右一个千媚地在外找女人吗？"

这时，从苏航办公室的隔壁走出一个年轻的女子，她说："你好，我就是李雯，我是苏航的助理，请你到我办公室来一下。"

十

从李雯办公室出来，杨丽丽没有去敲苏航办公室的门，而是一路飞奔去找李小菲。然后，又和李小菲一路马不停蹄地去找苏航。

来到苏航办公室外，李小菲轻轻推开门，看到苏航坐在椅子上，神色憔悴，仿佛苍老了许多。李小菲一步上前抱住了苏航的头，说："你真傻，出了这么大的事情为什么不告诉我，为什么要独自一个人去承担？你以为我只能过锦衣玉食的生活？夫妻难道不应该同甘共苦吗？"苏航嘴里喃喃地说："小菲，真的对不起，我只想给你最好的生活，可我现在却什么也给不了你了。"

原来，苏航为了尽快赚更多的钱，让李小菲过上更好的日子，将这几年辛苦挣下的资金全部投进了一家所谓的大公司。后来发现这家公司有诈，苏航准备把资金抽出来时，却找不到他们了，除了一个叫千媚的女人。苏航这才让助理帮着盯住那个叫千媚的女人，没想到他找过去时，正在与对方拉扯，这一幕却被李小菲看在了眼里。苏航不想连累李小菲，便不再作任何解释，提出了离婚。

李小菲拉起苏航的手，用小拇指勾住苏航的小拇指，再用大拇指与苏航的大拇指一起盖下了一个印章。李小菲要苏航明白，只有两个人携手，才能有更大的勇气去面对生活中的一切变数。与苏航一起盖个戳，这是李小菲给他的承诺，也是让他确信，不管遇到什么状况，只要两个人一起面对，幸福便一直都在。